AF399279

Juha-Pekka Sihvonen

NOVELLIT

SAMAAN AIKAAN

JA

SOTA EI LÄHDE KÄYNTIIN

Kannen kuvat: Tiina Sihvonen

Kustantaja:
BoD – Books on Demand, Helsinki, Suomi

Valmistaja:
BoD – Books on Demand, Norderstedt, Saksa

ISBN: 978-952-80-4633-2

SAMAAN AIKAAN

Perustuu tositapahtumiin näppäimistöllä. Pandemian aikaansaamien paperinkäyttörajoitusten takia tulevassa esityksessä pitäydytään Muinaiset Tiedostot -viraston sallimissa sivumäärissä.

Suurena Harventajana tunnetun pandemian puhjettua ehtivät hätäisimmät Dyrlandian kansalaiset muuttaa erämaahan huomatakseen parhaiden luolapaikkojen olevan jo varattuja. Kaikki erämaahan pyrkineet ja luolapaikan varanneet palasivat takaisin koteihinsa, sillä pandemiaan kehitettiin rokote kahdessa viikossa. Rokotteen testaaminen aloitettiin yhteiskuntaa kuormittavilla kansalaisilla. Epämiellyttävän näköisiä tilastoja siivottiin ilmaisen rokotteen ansiosta, ja samalla poistettiin rasismikortti Dyrlandian ihmispakasta.

ENNEN PANDEMIAA

Dyrlandian monipuoluejärjestelmän kaikkien puolueiden vaalikampanjat muistuttivat kiertäviä sirkuksia. Esityksiin pääsi mukaan tukemalla reilulla kädellä oman ehdokkaansa kampanjaa. Itse äänestäminen oli tehty kansalaisille kohtuuttoman monimutkaiseksi. Ainoa hyväksyttävä äänestyspaikka oli kansalaisen syntymäpaikkakakunta, äänestyspäivän ensimmäisellä tunnilla. Tällä äänestystavalla varmistettiin valtaapitävien mukaan

6

näyttävä lopputulos. Niinpä ainakin kauas synnyinseudultaan muuttaneet, vuorotyöläiset, opiskelijat ja pienituloiset eivät vaivautuneet äänestämään. Kun Suureksi Harventajaksi nimetty pandemia alkoi kurittaa ihmiskuntaa, se vei Dyrlandian puolueiden sirkusteltatkin mennessään. Näin sai alkunsa Dyrlandian kaksipuoluejärjestelmä, jonka puolueet olivat kiinni Dyrlandian hallinnassa vuorovetoisesti neljän vuoden ajan.

Pandemian jälkeen vastasyntyneitä kirjattiin vuoron perään Meidän Puolueen ja Toisen Puolueen kannattajiksi. Näin lannoitettiin tasavertaisesti Suuren Harventajan niittämää puolueiden kannattajakuntaa. Äänestäminen tehtiin kaikille helpoksi ja tasavertaiseksi käytännöksi. Äänestyspäivänä jokaisen äänestysikäisen kansalaisen tiedostoon ilmestyy yhden ehdokkaan kuva. Kuva lähetetään valtion ylläpitämästä profilointiosastosta, jossa muodostetaan äänestyspäivän pareja ehdokkaan kengännumeron ja äänestäjän painoindeksin perusteella. Jotta vältettäisiin yksinkertaisessakin äänestystavassa sattuvat virheet, puolueissa pidetään aina samat henkilöt vallassa.

Puolueiden johtohenkilöiden takana on loputon määrä avustajia, ja heidän jälkeensä tulee pitkä liuta asiantuntijoita. Tätä samaa kokoonpanoa noudattavat molemmat puolueet. Se on kirjattu ikuisena lakina Dyrlandian valtion lakitiedostoon. Suuren Harventajan jälkilaskuna poliitikot karsivat hyvinvointivaltion pelkäksi valtioksi.

LEPPÄKEIHÄÄNHEITTÄJÄ SONNI VERIMÄE

istui Meidän Puolueen toimiston aulassa ja katsoi vastakkaisen seinän näytöstä Dyrlandian suuren naapurin, Onnelandin valtion matkailumainosta. Sonnin isä oli tullut Dyrlandian maaseudulle maatalouslomittajaksi Westonian valtiosta ja jäänyt sille reissulleen. Sulevi Verimäe sai pisteet a-kirjaimen päälle dyrlandian kielen peruskurssilla paikallisessa kuppilassa. Sulevilla oli kylän paksuimmat pulisongit ja vantterat jalat. Hänet tunnettiin työteliäänä ja ahkerana naistenmiehenä. Sulevi tapasi tulevan vaimonsa, tilanomistaja Maisa Naimaan, PriceCityn (Dyrlandian ainoa kaupunki) yleisurheilukentällä. Vuosien saatossa Sulevin uuttera työote katosi ja Maisa siirtyi miltei kokopäiväisesti mesoon (muinainen some).

Pariskunnalta löytyi kuitenkin Sonnin verran puhtia lakanoiden välissä.

— Väliäkö hällä, kunhan ensimmäinen nimi on Soini, olkoon sitten tyttö tai poika.

Näin vahvan vaatimuksen Sulevi oli julistanut lypsykoneiden melskeessä navetassa muutenkin huonokuuloiselle vaimolleen, jonka raskaudesta hän oli lukenut julkisesta tiedostosta – Dyrlandian vahvin kolmiloikkaaja odottaa lasta, tällä kertaa omaansa. Se oli silloin etusivun uutinen. Lapsen nimestä ei tulevien vanhempien kesken käyty sen koommin vääntöä.

Soinista tuli Sonni vasta kastetilaisuudessa, josta Sulevi myöhästyi lehmän poikimisen takia. Kun pappi kysyi Maisalta lapsen nimeä, äiti sanoi, mitä oli mieheltään navetassa kuullut. Sulevi suhtautui pojan nimeen maati-

8

lallisen tyyneydellä ja tuumasi kastetilaisuuden päätteeksi: — Viedään Sonni omaan karsinaansa.

Sonnista varttui pikkuvanha lapsi ikätovereiden puuttuessa kasvuympäristöstä. Pojan sanottiin olevan jo kuusivuotiaana aikuismaisempi kuin ikätoverinsa. Sonnin puheen luontainen sulavuus oli peräisin kotitilan navetasta. Äitinsä esimerkkiä seuraten poika alkoi jo vauvaikäisenä puhua navetan eläimille. Aikuisten ihmisten, lehmien ja sikojen ansiosta hänen puheeseensa ei ehtinyt kehittyä lapsenomaista epäröintiä. Sonni imeytyi aikuisuuteen tiukemmin kuin lypsykoneen nännikupu lehmän utareeseen.

Peruskoulun rehtori oli ihmetellyt käytävässä luokasta kuuluvaa asiantuntevaa puhetta muinaisista kyntötöistä, kesannoista ja vaihtoehtopelloista. Rehtori halusi nähdä työnsä aloittaneen uuden opettajan, jota hän ei ollut vielä ehtinyt tapaamaan. Ja mitä hän kohtasikaan? Sonni istui opettajan pöydällä ruohonkorsi suussaan, kaikki luokan lapset kerääntyneinä ympärilleen.

Sonnin vapauduttua armeijapalveluksestaan hänen vanhempansa jättivät tilan poikansa hoitoon ja muuttivat Warmlandiaan nauttimaan kevyestä verotuksesta. Näin Sonnista tuli vähäksi aikaa Dyrlandian ainoa karjatilallinen. Vuoden kuluttua tilalta oli myyty kaikki eläimet. Sen jälkeen Sonni lopetti ylenpalttisen puhumisen ja alkoi heittää leppäkeihästä.

— Mitä paskaa! Onnelandin propagandaa ja kusetusta! Mainostavat omaa erinomaisuuttaan nostamalla itsensä muiden yläpuolelle. Pelaavat vain omilla säännöillään, tai ilman sääntöjä. Miksi tätä näytetään täällä?

Sonni havahtui ja kääntyi katsomaan mainoksen lopputekstejä tuijottavaa nuorta miestä. Dyrlandian tunnetuin muusikko, Kas Karvakas, seisoi tyylilleen uskollisena vahvassa etukumarassa. Räppärin passissa luki Harjat Salin, ja valokuvassa nuorukaisella oli vielä tuuhea tukka. Jos joku kiinnostui Karvakkaan oikeasta nimestä, muusikko alkoi esitellä rintansa karvapanssaria, joka palleihin laskeutuessaan tiivistyi läpipääsemättömäksi pöheiköksi ja kohosi tuuheana mattona takakentälle, missä se harventui yläselän mosaiikkimaiseksi tarinaksi pigmenttihäiriöistä. Räppärille oli juuri myönnetty Aidon Karvan Vaalijoiden Liiton erikoismaininta, sen Kas Karvakas aikoi liittää seuraavan pitkäsoittonsa mainokseen. Lisäksi nuorukaiselta oli tulossa Kas Karvakas -vaatemallisto, josta puuttuivat kokonaan housujen vyöt. Räppärin väljät housut pysyivät ylhäällä jatkuvan puolierektion ansiosta. Mikä lahja ja taakka – se olikin ollut Karvakkaan ensimmäisen pitkäsoiton nimi.

Annettuaan tuomionsa Onnelandin matkailumainokselle Karvakas istui Dyrlandian tunnetuimman urheilijan viereen ja taputti Sonnia olkapäälle. — Mitäs leppäkeihäsmies, kastetaanko meidät puolueeseen? Kun sain kutsun tänne, ounastelin näiden haluavan minulta mainosbiisin.

Sonni oli hereillään ollessaankin vähäpuheinen mies. Leppäkeihäänheittäjä oli tarttunut Meidän Puolueen kutsuun uuden sponsorin toivossa. Sonni ei ollut koskaan tavannut Urpo Porua, mutta muisti tämän lapsuusvuosistaan asti. Äiti oli suurentanut ja laminoinut Urposta otetun valokuvan linnunpelätiksi mansikkamaalle. Viikon kuluttua kuvaa valmistettiin tilalla sarjatuotantona ja myytiin huimia määriä toimivuustakuulla.

Vastakkaisella seinällä alkoi pyöriä Meidän Puolueen tekemä mainos Dyrlandian erinomaisuudesta.

— Tämä on ihan uutta roinaa, Karvakas tuumasi.

Mainoksen alussa ylistettiin kaikkien kansalaisten oikeutta kansalaispalkkaan. Sitten muistutettiin poliisin oikeudesta ampua rettelöitsijöitä näiden käsittelyn helpottamiseksi pidätyksen jälkeen. Kansallishenkeä nostatettiin näyttämällä muutamien entisaikojen kuuluisuuksien urotekoja useita kertoja kaikilla kentillä paitsi taistelukentillä. Olihan Dyrlandia hävinnyt kaikki käymänsä sodat. Muinainen sisällissotakin jouduttiin julistamaan ratkaisemattomaksi kesken hyvin sujuneen tappamisen Suuren Harventajan kuohittua maan aseteollisuuden. Mainoksen loppupuolella piikkari iskeytyi lankulle ja Sonnin äiti loikki rytmikkäästi hiekkakasaan. Seuraavassa otoksessa Sonni heitti leppäkeihään pisteeksi taivaalle. Sinne se jäikin, sillä Karvakkaan musiikki valloitti seinän.

— Mitä tykkäsit mun biisistä? Ei missään karvan karvaa, ei mitään särmää, luonnoton otanta shopattuja fotoja ja posliini joka Kaijalla, en päästä ketään mun pehkoon seukkaamaan, en Eikkaakaan, jos oot paljaaks sheivattu, oot mun jengistä heivattu, mistä löytyis gimma karvainen, nainen kuin kapiainen, vaikka veivattu, mut ei sheivattu... Mitä tykkäsit, Sonni? Se oli mun ekalta pitkäsoitolta.

Aulan perällä olevalla ovella seisoi pyöreitä silmälaseja käyttävä Urpo Poru. — Tervetuloa Meidän Puolueen puhemiehen toimistoon. Miltä mainos vaikutti? Sitä eivät ole vielä valmiina nähneet muut kuin minä ja te. Halusin näyttää sen teille ensimmäisenä. Tulkaa peremmälle. Minulla olisi töitä tarjolla.

— Mutta miksi täällä näytetään Onnelandin mainosta? Karvakas kysyi.

— Dyrlandia yrittää pitää sopua naapureiden kesken. Onnelandin johtajat ovat niin vakuuttuneita omasta onnellisuudestaan, että he haluavat levittää sitä maansa rajojen ulkopuolelle. Samalla siellä pelätään pakonomaisesti muiden valtioiden uhkaavan heitä. Pahimmassa skenaariossa jokin ulkopuolinen valta tunkeutuisi heidän maahansa ja yrittäisi varastaa heiltä onnellisuuden. Maan historiastakin on kirjoitettu onnellisempi versio, Urpo sanoi.

— Onnelandin armeijan upseerien koppalakit ovat sateenvarjon kokoisia, Karvakas totesi.

Urpon mukaan heitä laadukkaan lenkkimakkaran käyryydellä ympäröivää Onnelandia ei koettu uhkaksi. Olihan siellä kaikilla kansalaisilla oikeus kantaa asetta – käsiasetta tai jalkajousta, kunhan sillä sai puolustettua perhettään ja pystyi marssimaan mielenosoituksissa turvallisesti. Tämä oli virallinen perustelu. Mielenosoituksia Onnelandissa ei kuitenkaan oikein ollut tarjolla, vaikka siellä oli vahva mielenosoittajien ammattiliittokin ajamassa jäsentensä etuja. Oliko syy liian kalliiksi itsensä hinnoitelleissa ammattimaisissa mielenosoittajissa, aseenkanto-oikeudessa vai Onnelandin hallitsijalle myötämielisen median vapaudessa julkaista sensuurin kahteen kertaan siivilöimää tietoa? Se kuitenkin oli varmaa, että Onnelandissa ei ollut julkista poliisilaitosta eikä julkista rikollisuutta. Ylimmät virkamiehet joutuivat itse järjestelemään ryöstöjä, liikennerikkomuksia ja pahoinpitelyitä. Näin Onnelandin salaisella poliisilla oli jotakin päivittäistä puuhaa.

Seuraavaa asiaa Onnelandista ei tiennyt Urpokaan. Tieto tulee suoraan Dyrlandian poliisilaitoksen tiedusteluosaston juhlista löytyneen tupakantumpin filtterin sisään kätketystä paperilapusta, jonka aamuvuoron siivooja on poiminut lattialta. Mies on paraikaa pyykkihuoneessa lukemassa pienellä präntillä painettua lappua:

Onnelandin partisaanitoiminta on siirrettävä maan alle. Kokoonnumme vaihtamaan tietoa salaisissa paikoissa ja muutamme kokoontumispaikkaa tiuhaan tahtiin. Tapaamme kaupunkien alla olevissa viemäreissä, umpikujilla, puiden juurakoissa, kumollaan olevien soutuveneiden alla tai polkupyörien tarakoilla. P.S. Meiltä on tupakat loppu.

Siivooja alkoi pureskella lappua. Poliisilaitoksen siivoojan tärkein tehtävä oli pystyä syömään kaikki tiedusteluosaston juhlien jälkeen löytyneet arveluttavat tiedot. Seuraavaan nielaisuun loppui Dyrlandian salaisen poliisin ja Onnelandin maanalaisten partisaanien muinaisia yhteydenpitotapoja kunnioittanut tietojen ja tupakoiden vaihto.

Viestin lähettänyt neljän hengen partisaaniosasto oli sattumoisin paraikaa polvillaan erään suuren kirkon portailla Onnelandin pääkaupungissa. Tavoittelivatko heidän rukouksensa Jumalaa vai sattumaa? Kumpikaan ei ollut tällä hetkellä tavoitettavissa, sillä molemmat olivat onnistuneet ahtautumaan samaan kivespussiin ja kannustivat raivoisasti seuraavaa uimaria kauhomaan päätyyn asti. Neljä laukausta neljään takaraivoon eivät kykene kertomaan totuutta, mutta ne lopettavat kaikki turhat spekulaatiot.

Siivoojan työtehtävien ja partisaanien teloituksen aikana Urpo kertoi, kuinka Suuri Harventaja oli tappanut maan silloisen presidentin, suurimman osan puolueiden kykenevimmistä poliitikoista ja kaikkien puolueiden kansansuosion. Suuren Harventajan jälkeen Dyrlandiassa ei enää valittu presidenttiä. Meidän Puolue ja Toinen Puolue olivat sopineet sen keskenään, kansalaisten mielipidettä kysymättä. Nyt Urpo aikoi antaa Toiselle Puolueelle kuoliniskun Sonni Verimäen ja Kas Karvakkaan avulla. Nuorten kuuluisuuksien palkkaamisella oli tarkoitus houkutella nuoria kannattajia Meidän Puolueen tukijoukkoihin.

— Mitä tuumaatte, pojat? Lähdettekö Meidän Puolueen kelkkaan?

Karvakas katsoi haukottelevaa Sonnia ja päätti puhua molempien puolesta. — Mihin te meitä tarvitsette? Mukamas ääniä keräämään, kun samat naamat roikkuvat palleillaan vuodesta toiseen.

Urpo katsoi uteliaana Karvakasta. Tiesikö räppäri jotakin, mitä ei tarvinnut ymmärtää? Kansalaisille oli tarjottu mahdollisuus vaikuttaa, osallistua ja äänestää, mutta siihen sanahelinään se olikin jäänyt.

— Kyllä tässä on tarkoitus ihan rehellisesti kasvattaa nuorten osuutta puolueemme toiminnassa, Urpo muotoili vastauksensa.

— Sovitaan hillopurkin koko kohdalleen, niin me astutaan Sonnin kans remmiin, mut ei liekaan.

— Minkä kokoista hillopurkkia olet ajatellut? Entä sinä Sonni, minkä värisellä hillolla lähdet mukaan? Sovitaan ehdot meidän kesken kohdalleen, sillä sihteerini on tulossa töihin. Pojalla on hyvin liukuvat työajat.

Hillopurkkien koot ehdittiin hangata kohdalleen ennen kuin sihteeri Arpi Torp saapui vakoilemaan palaveria avaimenreiästä. Sopimusteknisistä syistä palkkiota koskevat yksityiskohdat jäivät ainoastaan paikalla olevan kolmikon tietoon. Sopimus päättyisi Meidän Puolueen kuluvan valtakauden lopussa. Muuta ei Arpi Torp ehtinyt avaimenreiästä kuulla eikä nähdä. Sen sijaan avaimenreikää alkoi lähestyä Karvakkaan housujen etumus.

Nuorukainen ehti nipin napin väistää ja keksi kyykistyä oven taakse sitomaan kengännauhojaan. — Missä on toiletti, onpa jannulla komee letti, onks se toi?

— Juuri se ovi, sihteeri sai sanottua.

Arpi Torp oli puolueen mies henkeen ja vereen. Hänen tehtävänään oli nuuskia tietoja Urpon liikkeistä ja välittää ne Meidän Puolueen varapuhemies Ari Demtille. Arpi lähettikin Arille välittömästi tiedon: *Urpo on tehnyt jonkun sopimuksen kahden tyypin kanssa. Leppäkeihäsmies Sonni Verimäe ja räppäri Kas Karvakas. Räppärin kanssa täytyy olla tarkkana. Se kantaa jotain asetta housuissaan. Sopimuksen pituus kolme vuotta, meidän kauden loppuun asti.*

Ari Demt luki viestin tiedostostaan eikä sanonut:
— Mielenkiintoista.

Sen sijaan hän sanoi tarjoilijalle: — Samanlainen.

Kun Ari tarttui tuoppiinsa baarissa, Karvakas laskeutui pöntölle. Kummallakaan ei ollut vessapaperia käden ulottuvilla. Ari ei sitä tarvinnut, mutta pöntölle istunut nuorukainen joutui aivan uuden tilanteen eteen. Tyhjä rulla alkoi pyöriä Karvakkaan epävarmassa kädessä. Räppäri puntaroi vaihtoehtoja rullan, kännykän ja pyyhkimättä jättämisen välillä. Viimein tieto hygienian tärkeydestä asettui järkälemäisenä painona oikealle puolelle puntaria. Pystyykö tähän rullaan pyyhkimään useammin kuin kerran, ja viimeistelenkö tuloksen kännykällä? Jospa kynnän ensin kännykällä. Seuraava kapula on kyllä vedenpitävä. Kysynkö ratkaisua mesosta vai tyttöystävältä?

Pian tyttöystävän työpaikalla syntyy viesti, joka saa istujan tiedoston älähtämään: — Joudun jäämään ylitöihin. Käytä rullaa, kulta.

Räppärin luovuus vapautui välittömästi oman muusan kevyellä sohaisulla. Rullaahan voi sopivasti muotoilla ja kaapia ojan pohjia oikein kunnolla.

— Kusiputkasta loppui paskapaperi, Karvakas huikkasi Urpolle palatessaan huoneeseen.

— Me ehdittiin jo jutella Sonnin kanssa työtehtävistä. Sonnille järjestetään joitakin koulutuksia, sinä et niitä tarvitse. Jatkat vain omaan tahtiisi, voisit oikeastaan aloittaa tekemällä koukuttavan rallin Meidän Puolueen nuorisokampanjaan. Sillä nuorten kielellä – innostetaan nuoria mukaan meidän näköiseen politiikkaan ja yhteisen tulevaisuuden rakentamiseen.

Karvakas kaivoi tiedostonsa taskustaan ja alkoi heti töihin. Urpo jatkoi Sonnin kanssa: — Löytyykö sinusta netistä mitään törkyä, johon vastustaja pääsee kiinni? Kaikkiin julkisiin tiedostoihin ja mesoon laitetaan meidän puolesta somat jutut. Sihteerini Arpi hoitaa sen. Sinun ei tarvitse huolehtia sivujen päivityksistä, kommenteista eikä peukaloinnista. Käytä sekin aika heittoharjoituksiin, tarkoitan sillä huulenheittoharjoituksia kansalaisten keskuudessa. Nyt luodaan sinun nykyisen julkisuuskuvasi rinnalle uusi imago, ja viet Meidän Puolueen sanomaa kentälle viis veisaten niistä lupauksista, joita olet jollekin nälkäiselle kansalaiselle hernekeittoteltassa suoltanut. Perkele, kyllä niille keitto ja pulla kelpaavat, mutta kun pitäisi jättää ainoa numero äänestystiedostoon, niin ei saatana saada sitäkään onnistumaan. Nälkäiset kiertävät puolueen teltoissa myhäilemässä poliitikoille ja syövät kattilat ja pullavadit tyhjiksi. Piereskelevät maha täynnä nojatuoleissaan äänestyspäivänä ja klikkailevat väärissä julkisissa tiedostoissa.

Urpo veti henkeä ääni rahisten ja jatkoi: — Vittu, mitä porukkaa. Sitten ollaan ensimmäisenä suu auki rääkymässä, jos joku kansanedustaja ajaa omia etujaan. Tulkoot itse koettamaan poliitikon hommia, ei se ole helppoa olla koko ajan täysien lihapatojen äärellä. Tulee väkisinkin semmoinen juttu mieleen, että sipaisen tuosta kenenkään näkemättä vähän sivuun, pahojen päivien varalle. Sehän on ihmisen sisään rakennettu selviämismekanismi, ja se pitäisi ottaa lieventävänä asianhaarana huomioon, kun poliitikkojen rötöstelyjä perataan oikeudessa. Tuomion lievyys ei saa jäädä ainoastaan niiden seikkojen varaan, että henkilö on rikas ja tuntee oikeita ihmisiä. Syytteitä käsiteltäessä meidän olisi hyväksyttävä painavimpana seikkana tuo selviytymismekanismi. Se nopeuttaisi huomattavasti tuomioiden purkamista.

Baarissa Ari oli ehtinyt kolmanteen tuoppiin ja uuteen suunnitelmaan Urpon sysäämisestä sivuun puolueen johdosta. Viidennen tuopin jälkeen suunnitelma tulee olemaan valmis deletoitavaksi. Näin on käynyt joka kerta kuluneen vuoden aikana. Kuudennen tuopin jälkeen Ari tekee uuden suunnitelman. Hän siirtyy teräviin. Näin on käynyt joka kerta kuluneen vuoden aikana.

— Vaikka poliittinen järjestelmä tai systeemi olisi minkälainen tahansa tai sitä ei olisi olemassakaan, eriarvoisuus ja sen muodostamat kuilut eivät tule koskaan katoamaan ihmisten valamasta kastijaosta. Ne ovat siellä yhtä varmasti kuin välipohja kaksikerroksisessa talossa.

Urpo sylkäisi roskakoriin ja yskäisi muutaman kerran:

— Poliittinen moraali on kuin immenkalvo: ensin sitä varjellaan, kerran se repeää ja sen jälkeen sitä ei enää kaivata. Raha on aina ollut ahneuden nopein viestinviejä, politiikan tekeminen vain on kokenut muutoksen. Tänä päivänä ei edetä enää perinteisellä tyylillä; nyt on opittu luistelemaan, hiekallakin. Tehän ette ole tainneet nähdä lunta kuin elokuvissa.

Urpon ponteva oppitunti oli menossa Sonnilta koko lailla ohi. Sonnin kannalta Urpo on jakanut kauhakuormaajalla leppäkeihäänheittoon liittymätöntä tietoa.

— Kannattaa tehdä palveluksia. Palvelus on eri asia kuin lupaus, palvelukset tehdään eri ihmisille kuin lupaukset. Äänestäjiä ruokitaan lupauksilla, ja tukijoille tehdään palveluksia.

— Ollaanko tässä niinku ahneuden tullivapaalla vyöhykkeellä? räppäri kysyi.

— Siinä on Sonnille vähän aikaa märehtimistä. Miten on, muusikko, joko on biisi valmis?

Karvakkaan tiedosto oli tyhjä. Räppäri oli unohtunut seuraamaan Urpon meuhkaamista ja Sonnin poissaolevaa olemusta.

— No anna tulla vähän maistiaisia. Ennen lopullisen biisin julkaisemista me hoidetaan puolueen johdon kanssa sisällön tarkastus. Laulun täytyy tietenkin palvella puolueen etua.

— Kantsii heittää simppelii räppii, siitä tulee hyvin täppii...

— Mitä täppii? Urpo ihmetteli.

Sonnin miettiessä heittosuorituksensa ristiaskeleita räppäri jatkoi: — Rahaa, se laittaa aina naurattaa.

— Vitun klovni, Urpo parahti.

— Jolla on jäykkä kolvi, viihtyy suosio meitsin housuissa, se on muuten nousussa, joka jannusta tulee klovni, kun lasiin valuu Olvi.

Sonni sekosi ristiaskeleissaan: — Onko Olvia tarjolla?

— Lopetetaan tältä päivältä. Huomenna on puolueen johtoryhmän kokous. Tulkaa molemmat paikalle. Silloin käydään läpi teihin liittyviä asioita. Ja Karvakas, tee se biisi valmiiksi.

Värvättyjen poistuttua Urpo puhui tiedostoonsa selonteon tapaamisesta: — Sonni Verimäessä on selkeästi poliitikon ainesta. Osaa kuunnella ja on kiinnostunut asioista. Hänessä on jotain samaa kuin minussa nuorena. Luottamusta herättävä ulkoinen olemus ja viiltävän nopeat kysymykset. Miehestä huokuvaa johtajuutta ei pysty peittämään edes verryttelypuvusta puskeva lannan tuoksu. Sonnista voisi tulla minun manttelinperijäni. Kannattaa ohjata koulutusta siihen suuntaan. Kas Karvakas on uhmakas pelle; taisi olla virhe palkata hänet.

LEPPÄKEIHÄÄNHEITTÄJIEN VIRALLISEN SPONSORIN VAATIMA LUKU

Leppäkeihäänheitosta oli tullut hetkessä suosituin harrastusmuoto nuorten keskuudessa, ja Sonni Verimäe oli lajin moninkertainen mestari. Dyrlandian arvostetuin antropologi olikin valistanut Räppikuppilan baaritiskillä opetuslapsiaan näin: laji heijastaa nuorten halua toimia, kokea ja epäonnistua omaperäisesti sekä olla osana rentoa yhteisöä, joka edustaa jotakin muuta kuin linjastoitua broilerointia, jonka pintaa on sivelty – kivaa – vain antamaan väriä pohjaanpalamisille.

Kaikkien muiden urheilulajien johtohenkilöt valittavat julkisuudessa leppäkeihäänheiton vievän kaikki lahjakkaat juniorit. Koulujen liikuntatunneilla laji syrjäytti oppilaiden vaatimuksesta kaikki muut aktiviteetit. Harrastajien kesken sovituissa säännöissä keihäällä ei ole painorajoitusta eikä määrämittaa. Se saa olla minkä muotoinen tahansa, oksista karsittu tai karsimaton. Kilpailut aloitetaan lähtölaukauksella, jolla yritetään samalla ampua joku metsän eläin kilpailun pääpalkinnoksi.

Kilpailijalla on tunti aikaa veistää itselleen keihäs, heittää yksi kilpailuheitto ja käydä välinetestissä näyttämässä puukkoaan. Amor-puukko onkin lajin ainoaksi hyväksytty keihääntekoväline. Heittoja ei mitata. Pisin heitto voittaa.

PUOLUEHALLITUKSEN KOKOUS JA
KIVIJALKAMYYMÄLÄN RYÖSTÖ

Aloitetaan ympäristöopilla: PriceCity on ainoa kaupunki Dyrlandiassa. PriceCityn ulkopuolella aukeaa valtava erämaa, jossa asuu mökkiläisiä tai muuten vain kaupunkia karttavia ihmisiä. Lähimpänä kaupunkia olevissa yhteisöissä hämärämiehet ja virastaan erotetut poliisit taistelevat elinpiiristä.

Meidän Puolueen johtohenkilöihin kuuluva Mika Lie heräsi PriceCityn poliisiaseman putkasta kokouspäivän aamuna. Mika oli viihdyttänyt puolueen alempia virkahenkilöitä vielä vuorokauden ensimmäisillä tunneilla Meidän Puolueen Kantakuppilassa. Pian valomerkin jälkeen poliisipartio oli taluttanut Mikan autoonsa.

Pakahduttavan helteisenä aamuna PriceCityn paras rikosetsivä Reijo Tinars sattui olemaan tupakoimassa poliisiaseman sisäpihalla. Tinars oli nähnyt uransa aikana monenlaisia putkasta lähtöjä, eikä tämä vielä yltänyt mitalisijoille. Mika Lie asteli tummassa puvussaan rennon letkeästi, kravatti suorassa ja tukka öljyssä. Mannekiinimainen olemus katkesi vasta asfalttiin läpsähteleviin paljaisiin jalkoihin.

Ilmaisten juomien ansiosta Mika Lie tunsi ratsastavansa vielä hyvän matkaa krapulan edellä ja tiesi ehtivänsä valitsemaan jääkaapistaan tuoreen hevosen alleen. Ensin Mika Lien täytyi kuitenkin kävellä kaupungin keskustan läpi rivitaloasunnolleen. Paljasjalkainen PriceCityn kasvatti askelsi keskustan kävelykatua rinta kaarella pakottaen kaupungin vallanneet hellehatut, shortsit ja ostoskassit väistymään tieltään. Kotonaan Mika vilvoitteli kuumottavia jalkapohjiaan huurteisilla olutpulloilla. Löydettyään pukuunsa sopivat lenkkikengät Mika lähti puoluehallituksen kokoukseen.

Ristiaskeleilla eteneminen vartalo kiertyneenä heittoasentoon laittoi Sonnin puvuntakin liitokset koetukselle puoluetalon tyhjällä käytävällä. Leppäkeihäänheittäjä kuuli raollaan olevasta kokoushuoneen ovesta, kuinka Urpo koulutti jotakin huoneessa olijaa: — Sinun täytyy puhua julkisesti ikääntyvien työllistämisestä. Mitä enemmän ja useammalle julkiselle kanavalle se saadaan, sitä paremmin se toimii, mutta se ei tarkoita sitä, että me tekisimme sille asialle jotakin. Se on energian tankkaamista väärään kulkupeliin. Ne kaakit joutaisi kärrätä vuorelle ja työntää rotkoon.

Sonni löi toisen jalkansa suoraksi lattiaa vasten. Samalla heittäjän suusta lähti komeassa kaaressa pitkä sylki. Kiiltävät nahkakengät narahtivat, kun heittäjä vilkaisi käytävän ikkunasta pihalle ja huomasi heittokelin olevan kohdallaan.

Huoneessa olivat jo paikalla räppäri Kas Karvakas, puolueen puhemies Urpo Poru, puhemiehen varamies Ari Demt sekä heidän jälkeensä virallisessa nokkimisjärjestyksessä sihteerit Arpi Torp ja Pirkko Nuoska, kirjuri Assi Stant ja puolueen rahastonhoitaja Mika Lie. Nokkimisjärjestyksen viimeinen pelkäsi jonkun paikallaolijoista ottavan puheeksi hänen suunnattoman velkataakkansa. Mika Lien erikoisosaamista oli lainojen tehtailu puolueen pankista. Tähän asti rahastonhoitaja oli saanut keploteltua oman pankin ampumaa otsalaukausta aina kuukaudella eteenpäin.

— Kato, leppäkeihäsmies! Kas Karvakkaan huuto hiljensi kaikki.

— Peremmälle Sonni, käy istumaan, Urpo hykerteli.

Ari Demt oikoi valkoista puvuntakkiaan ja jatkoi tiedostonsa selaamista. Varapuhemies oli tottunut käyttämään kaikissa puolueen tilaisuuksissa valkoista puvuntakkia, jonka alla valkoinen älypaita mittasi Arin kehon toimintoja ja lähetti tärkeää dataa MetalLiha-yhtiön valvontayksikköön.

MetalLiha-yhtiö oli kuitenkin munannut mahdollisuutensa vakoilla varapuhemiestä väärän värisellä kravattivalinnallaan. Ari Demt ei nimittäin suostunut käyttämään MetalLihalta syntymäpäivälahjaksi saamaansa valkoiseen asukokonaisuuteen kuuluvaa valkoista kravattia, sillä Arin mielestä kultainen kravattineula ei sopinut siihen. Kravatti roikkuikin Arin makuuhuoneen seinällä olevassa joutavassa taulukoukussa ja lähetti kravattineulakameralla kuvaa ja ääntä sängystä, jossa Arin vaimo Kaira Ersti pomppi kuin kengurupallo rikosetsivä Reijo Tinarsin päällä, ja ainoa tarjolla oleva kädensija oli syvällä Kairan sisällä. MetalLihan valvontayksikön vastuuvirkailija jakoi kravatin välittämän informaation kaikkien johtokuntaan kuuluvien tiedostoon, paitsi Ari Demtille. Ari on arvokas MetalLiha-yhtiölle; noilla sanoilla kollegat häntä usein toimittajille kuvasivat.

Jalkapannoista rikollisten valvontalaitteina oli kustannussyistä luovuttu pandemian jälkeen. Tarkkaan valikoitujen rikollisten elimistöön asennettiin mikroskooppisen pienet sirut.

Kari "Hintelä" Murskala oli tietämättään kussut omansa pienten virtsakivien seassa vanhan kotitalonsa nurkalle. Muurahaiset kiskoivat sen talon sokkelin alla olevaan pesään kuningattarensa ihmeteltäväksi. Murskalan virtsakivet oli hylätty niille sijoilleen.

Puoluehallituksen kokouksen alkaessa Ari Demtin vanha lapsuudenystävä ja epävirallinen asiantuntija Kari "Hintelä" Murskala oli aloittamassa harjoitusryöstöä PriceCityn laitamilla sijaitsevassa ostoskeskuksessa. Arin mielestä Hintelä kärsi lukuisien epäonnistuneiden ryöstöyritysten jälkeisistä pelkotiloista, ja suorituskammo poistettiin tekemällä onnistunut ryöstö kivijalassa sijaitsevaan ruokakauppaan. Tappaminen oli sujunut Hintelältä aina, nytkin rikollisen käsi oli valmiina kuluneen aseenkahvan ympärillä. — Älä tällä kertaa tapa ketään, tuleva rikoksenuusijamies toisteli itselleen ja lähti suorittamaan tehtäväänsä. Hintelä eteni hyllyille kaupan kassan maatessa Arin antamien ohjeiden mukaisesti kädet levällään lattialla. Ketään muita ei kaupassa ollutkaan, eihän siellä ollut tarjolla kuin niukkuutta ja kuivia kanankoipia. Kauppias oli joutunut myymään valvontakameratkin pehmentääkseen edes hieman tulossa olevaa konkurssia.

Onnistumisensa jälkeen Hintelä innostui, ehkä vähän liikaa, mutta kukapa korkeushyppääjä ei korottaisi rimaa reilun ylityksen jälkeen seuraavaan korkeuteen? Hintelä nimittäin ryntäsi kanankoipiensa kanssa parkkipaikalle varastamaan autoa. Kun kukaan paikalla olleista autonomistajista ei luopunut omastaan suosiolla, Hintelä ampui erästä vanhan farmariauton omistajaa lähietäisyydeltä olkapäähän. Mies horjui autonsa takakontilla ja lyyhistyi nojaamaan viereen parkkeeratun auton eturenkaaseen. Jos tapahtuman jatkosta kuvataan elokuva, sen kerronta etenee näin:

Auton omistaja nojaa verta vuotavana poliisiauton eturenkaaseen, taustalla kuuluu ihmisten paniikinomaista meluamista ja varastetun auton renkaiden ujellusta. Poliisin kasvot näkyvät hänen partioautonsa peruutuspeilissä. Nainen kumartuu painamaan haavoittuneen olkapäätä. Siitä pulppuaa verta, joka valuu poliisin sormien välistä tämän takin hihansuusta sisään. Poliisipuvun kiiltävästä virkanapista heijastuva auringonsäde osuu haavoittuneen miehen tuskaisiin kasvoihin. Nopea leikkaus Hintelän varastamaan autoon, jossa rikollinen raastaa harvoilla hampaillaan kanankoipea musiikin soidessa äänekkäästi.

Tunnelma on korkealla. Sitä tehostetaan ryöstäjän rytmikkäällä liikkumisella musiikin tahtiin ja yhteislaulamisella kappaleen artistin kanssa kananriekaleiden lennellessä Hintelän suusta auton nopeusmittariin. Takapenkiltä näytetään kaluttuja kanankoipia. Kaikki tuntuu menevän rikollisen suunnitelman mukaan. Musiikki on ajan henkeen sopivaa, helposti nieltävää höttöä. Auton merkkiä näytetään useassa lähikuvassa konepellillä, ja kuivista kanankoivistaan tunnetun firman logo pilkottaa sopivasti paperikääreestä repsikan penkillä.

Auto nielee kilometrejä yhtä ripeästi kuin Hintelä kanankoipia. Avoautosta välittyvä hyvä meininki on katossa. Sitten autoradio vaihtaa hitaaseen viulumusiikkiin ja Hintelä pienempään vaihteeseen. Lähikuvassa rikollisen kasvoille kohoaa huolestuneita ryppyjä; edessä näkyy tietyömaa. Hintelä pysäyttää autonsa jonon hän-

nille. Autoradiossa ehditään veisata virren ensimmäistä säkeistöä, kun Hintelä yllätetään takaa päin. Iltauutisten kuvausryhmä ympäröi auton. Hintelän suun eteen ilmestyy mikrofoni, ja selkeäsanainen haastattelija kysyy kuljettajalta mielipidettä uudesta, vihreän värisestä ajoradan pinnoitteesta, joka ei uusimpien tutkimusten mukaan aiheuta traumoja niille vielä villeinä eläville eläimille, jotka eivät ole älynneet siirtyä PriceCityyn syömään jätteitä kadulta.

Kari "Hintelä" Murskala pidätettiin seuraavassa apteekissa, jossa vatsaansa pitelevä ryöstäjä oli asettaan heilutellen yrittänyt vaihtaa loput kanankoivet ripulilääkkeisiin. Näinä aikoina molempien puolueiden puhemiehillä ja varapuhemiehillä oli oikeus ostaa rikolliset ulos syytteistään, kunhan nämä eivät olleet syyllistyneet henkirikokseen. Yleensä henkirikoskin voitiin suotuisalla rahasummalla muuttaa rikokseksi. Ja näinä aikoina puhemiehillä oli paljon rahaa. He nostivat rahaa oman puolueensa pankista.

Poliisiputkan lattialla istuva Hintelä muisti hyvin ensimmäisen oikeudenkäyntinsä ja siihen kuuluvan juhlallisen lupauksen totuudesta: — Lupaan, että kerron totuuden, en mitään muuta kuin totuuden, sitä enää kertaakaan toistamatta.

Lupauksen jälkeen tuomari oli todennut: — Voit käydä istumaan ja alkaa valehtelemaan.

— Aatteemme roihu on ainoa vaatteemme, perseemme pyyhimme kiväärin kärkeen, vasta saatanan jälkeen…
— Riittää!

Tuo Karvakkaan Meidän Puolueelle tekemä tunnuslaulu oli kolmas, jonka Urpo katkaisi heti alkuunsa. Tuhiseva puhemies alkoi toden teolla miettiä, miten Karvakkaan sopimuksen voisi vielä purkaa. Kaikkia muita huoneessa olijoita Karvakkaan laulut olivat melkein huvittaneet.

— Ehkä sitten vähän henkevämpää, yritetään saada kirkosta porukkaa mukaan, räppäri sanoi ja aloitti: — Brothers and sisters, tulkaa Meidän Puolueeseen, täällä voi ottaa huikkaa, sillä joskus, sillä joskus brothers and sisters, tekee niin hyvää ottaa kunnolla huikkaa, sillä joskus brothers and sisters, Jeesus löytyy pullosta, brothers and sisters, kun Jeesus löytyy pullosta, niin Jeesus löytyy…

— Riittää!

Urpo päätti saman tien lähteä golfkentälle hiomaan kadoksissa olevaa pitkää puttiaan. — Valitan, tämä kokous oli minun osaltani tässä. Minulla on tunnin päästä tärkeä tapaaminen tukijoideni kanssa. Täytyy lähteä keräämään rahaa. Minun puolestani saatte kehitellä meille tunnuslaulun, mutta jos teiltä liikenee aikaa, vetäkää joitakin suuntaviivoja myös tulevaan vaalikampanjaan ja muistakaa ne Sonnin koulutukset. Arpikin on käynyt kaikki meidän järjestämämme koulutukset. Sitä ennen hän oli kunnon häirikkö, meni kesät talvet humalassa taloyhtiön grillijuhliin, söi kaikkien makkarat ja kusi nuotion sammuksiin. Nyt hän on aivan eri mies. Se on meidän koulutuksemme ansiota.

— Niin on, nykyään se kusee suoraan makkaroiden päälle ja lähtee heittämään tikkaa. Asutaan samassa taloyhtiössä, Assi Stant sanoi.

— Morjens.

Ari oli ainoa, joka vastasi Urpon hyvästelyihin. Vallantunne alkoi kuplia mukavasti vastuun saaneen poliitikon sisällä. — Muinaisen vertauksen mukaan meidän on kaivettava kiekko pois omasta maalistamme ja kuljetettava se toiseen päätyyn. Jatketaan tästä aiheesta heti tauon jälkeen. Nyt pidetään tunnin kahvitauko. Sinä aikana Sonni suorittaa koulutuksensa. Voit mennä saman tien toiseen kerrokseen kouluttajien huoneeseen.

— Minun ei tarvitse osallistua koulutuksiin, minä saan olla Kas Karvakas.

— Siltä näyttää. Räppärille on annettu vapaus olla oma itsensä. On tehty useita puolueellisia tutkimuksia siitä, kuinka se vaikuttaa tukijoiden rahavirtoihin ja massojen äänestyskäyttäytymiseen, ja konsulteilta on tullut vahva palaute. Muusikosta ei saa toimivaa poliitikkoa hyvä säveltäjäkään, mutta nuorten äänien imuroijana soittoniekka on aina paikallaan. Onko kukaan keittänyt kahvia?

KAHVITAUKO JA PARIN SUHTEEN AINEENVAIHDUNTA

Urpo raahasi golfvarusteitaan kellarissa sijaitsevasta säilöstään autoonsa. Ahkeran puuskutuksen läpi kaikui jykevä, ääneen sanottu päätös: — Palkkaan autonkuljettajan.

Urpo oli päättänyt siirtyä politiikasta syrjään kuluvan vuoden lopussa. Sitä ei tiennyt vielä edes hänen varamiehensä Ari Demt, joka oli vetäytynyt puolueen oman jokasuhdeterapeutin huoneeseen selvittämään suhdettaan tyttöystäväänsä.

Muinaisessa puoluejärjestelmässä terapeutit kuppasivat valtion kassaa järjestämällä poliitikoille valmennusta aina esiintymiskoulutuksesta uimakoulutukseen asti ja kaikkea, mitä siihen väliin saatiin mahdutettua. Kansalaiset eivät sulattaneet vallalla olevia toimintatapoja, mutta vanhat koulutuskäytännöt purettiin vasta armeijan kärsivällisyyden petettyä. Koulutuksiin uponneilla rahoilla olisi ostettu kolme toimivaa sukellusvenettä. Näin asian oli tiivistänyt muinainen Dyrlandian hyökkäysvoimien päällikkö. Ilmavoimien kenraali himoitsi sukellusveneitä, olivathan maan kaikki rantaviivat sisävesillä. Suuren Harventajan jälkeen terapeutit sujutettiin piiloon molempien puolueiden rakenteisiin.

Ari istui lomautetun jokasuhdeterapeutin ylipehmeään hoitotuoliin ja alkoi supista itselleen: — Miten kuvailen riutuvaa suhdettani vaimooni? Ehkä on vain aloitettava rohkeasti Kairan ylähuulesta. Se on muotoiltu jollakin täytegeelillä vastaamaan Kairan entisen poikaystävän terskaa. Kaira selvitti asian minulle heti, kun kehuin hänen suutelutaitojaan, ja innostui kuvailemaan minulle ylähuulensa historiaa liiankin yksityiskohtaisesti.

Varapuhemiehen supina vaimeni nyyhkytyksen kautta pelkäksi huulien pärähtelyksi. Ari Demtin omaehtoinen terapiatuokio vastasi melko hyvin jokasuhdeterapeutin yhteisten tapaamisten perusteella koostettua hoitotiedostoa: Ari oli tavannut vaimonsa tämän kauneushoitolassa ja ihastunut siitä intohimosta, millä Kaira oli esitellyt Arille toimivaa anusrasvaa. Arista oli tullut Kairan vakioasiakas ja Ari oli kosinut Kairaa kahden viikon kuluttua, heti sadannen maksetun anusrasvapurkin jälkeen.

Viime aikoina Kairan huulet olivat alkaneet vituttamaan Aria melko kyrväkkäästi, varsinkin Kairan tyttökavereiden saapuessa viettämään viinien ja juustojen pönkittämiä illanviettojaan Arin taloon. Sujuvan poliitikon aitoudella Ari jaksaa peittää sisäisen myllerryksensä koko illan kestävän hymynsä taakse. Tyttöjen humaltuessa alkaa lähes poikkeuksetta Kairan huulien ihasteleminen.

Viime viikon illanvietossa Arin mitta oli tullut täyteen, koska Kaira ei suostunut kertomaan Arille entisen poikaystävänsä nimeä. Ari oli lähtenyt kesken huulikehujen työhuoneeseen, jättänyt oven uhmakkaasti auki ja laittanut tiedostostaan kuulumaan muinaista musiikkia. Omakotitalon seiniä jumputtava humppaorkesteri oli ollut niin kovassa ruosteessa, että Ari oli päättänyt tehdä pohjatyöt vodkalla.

Rikosetsivä Reijo Tinarsin hyvin alkanut erakoituminen oli kohdannut loppunsa, kun lievästi humaltunut etsivä oli toissavuoden syksyllä törmännyt ostoskeskuksessa matelevaan autokoulun autoon. Kaira Ersti oli suorittamassa rästiin jääneitä teoriatuntejaan tutkimalla huulillaan ajokouluttajan sukupuolielimiä. Kairan vastaanottaessa kurssitodistustaan ajokouluttaja kuiskasi:
— Nyt irtoaa.
Puheen tunnistava auto tulkitsi sen lähtökäskyksi ja nytkähti ulos parkkiruudusta. Tinars selvitti poliisimiehen ripeydellä ja vajaalla viskipullolla aineelliset vahin-

got ajokouluttajan kanssa. Seuraavana päivänä Tinars selvitti Kairan taustat.

Nainen oli tehnyt pitkän uran Dyrlandian ainoassa pörssiin listautuneessa kirkossa. Kaira oli toiminut kirkonmenoissa tanssityttönä ja mennyt naimisiin suntion kanssa. Kirkossakin voi mennä jonkin aikaa kaikki päin helvettiä, kun suntio alkoi luovuttaa järkeään isoina lohkareina pirun palvelukseen. Kirkonpalvelija ehti juottaa kuukauden ajan rottia humalaan kaatamalla raakaa viinaa viemäriin. Juomat oli otettu kirkon viinikellarista, ja sitä eivät kirkon omistajat tietenkään sulattaneet. Kaira otti välittömästi avioeron miehestään. Pitääkseen oman mesonsa puhtaana nainen aloitti opiskelut autokoulussa ja seurustelun poliisin kanssa.

Suhteen syventyessä etsivä Tinars oli auttanut Kairaa avaamaan kauneushoitolan. Kairan pyörittämä kauneushoitola alkoikin pian meikata likaista rahaa puhtaaksi, ja Tinars oli erikoistunut löytämään kauneushoitolan palveluja kaipaavaa rahaa. Kauneushoitolan rahanpesukone pyöri vähän aikaa täydellä teholla, kunnes liiallisen puurtamisen ja pitkien työpäivien takia Kairan ja Tinarsin väliltä katosi heidät yhdistänyt maaginen kipinä. Parisuhde tyhjentyi karanneen vappupallon varmuudella, mutta tuottava liikesuhde yhdytti kumppaneita säännöllisesti.

Puhdistetut setelit kätkettiin Arin kesämökin savupiippuun. Kairan mielestä ne pysyisivät siellä paremmassa jemmassa kuin täyteaineet hänen huulissaan.

Reijo oli maininnut ohimennen todisteiden haihtuvan savuna ilmaan, jos Ari innostuisi lämmittämään takkaa. Kaira ei ollut siitä huolestunut, eihän Ari osannut sytyttää edes tulta tupakkaan. Keskustelu kätköstä oli loppunut Kairan osoittaessa korkokenkiinsä tarttunutta ruskeaa kuraa ja harppoessa etsivän autoon istumaan.

Sonnin koulutus oli käynnissä toisen kerroksen koulutushuoneessa, ja sotilasmestari oli saanut oman osuutensa päätökseen. Kankea veteraani oli opettanut Sonnille jämäkän lippaanvedon. Seuraavana tsemppaajana oli reilusti ylipainoinen pahoinvointivalmentaja, joka opasti leppäkeihäänheittäjää epäterveellisten elämäntapojen pariin. Pitihän Sonnilla olla kosketuspintaa myös niihin nuoriin, jotka eivät olleet terveysnatseja. Englannin kielen opettaja lausui esimerkin, kuinka sotketaan jouhevasti englantia oman puheen sekaan. Samaan aikaan huoneeseen ängennyt dyrin kielen ja elehtimisen mestari oli niin kovassa humalassa, että hän yritti opettaa Sonnia änkyttämään ja elehtimään oksennusta suupielissään.

Sonnin taluttaessa mestaria käytävän puolelle luikahti henkilökohtainen avustaja huoneeseen. Luottamusta herättävä nuori mies kertoi olevansa se henkilö, jonka syyksi laitettaisiin kaikki Sonnin julkiset munaukset. Jatkuvia suihinottoja avustaja ei kyllä suostunut ottamaan kontolleen. — Yhden kyllä kestää, mutta ei sen enempää, huikkasi nuorukainen lähtiäisiksi.

Stylisti saapui pahasti myöhässä ja löi viiden sormuksen nyrkillään Sonnin otsaan vekin verran uskottavuutta. Lopuksi punakenkäinen, nahkahousuihin ahtautunut tyttö kehotti Sonnia bodaamaan itselleen silmäpussit. Ne kun olivat jokaisen trendikkään työnarkomaanin tunnusmerkit. Miehekäs psykologi opetti Sonnia kättelemään oikealla voimakkuudella ja kielsi raapimasta strategisia paikkoja ihmisten ilmoilla, samalla kun lipoi kielellään omia huuliaan. Frakkiin pukeutunut nuori taikurikoululainen näytti yksinkertaisen korttitempun, jolla voi huijata vanhuksia vaivaistaloissa ja lapsia lastentaloissa. Miten hymyilet ja heilutat kättäsi samaan aikaan väkijoukolle näyttämättä Richard Nixonilta -tyylin opettaja teki spagaatin ja poistui sanaakaan sanomatta huoneesta.

Sonnin mielestä koulutus oli osunut kohdalleen. Sen aikana keihäänheittäjä oli muistanut hyvän lepikon tiluksillaan. Siellä saattoi kasvaa juuri sopivan vahvoja keihäsaihioita. Ari oli lopettanut itseohjautuvan terapiatuokionsa ja huomasi tiedostonsa vilkuttavan punaista valoa. Sen sai sammumaan siirtämällä riittävän summan rahaa poliisilaitoksen tilille.

Hintelä oli taas tuomionsa sovittanut kansalainen ja valmis tapaamaan tyttöystäväänsä. Ari taas päätteli Hintelän olevan valmis suorittamaan seuraavaa toimeksiantoa. Niinpä varapuhemies lähetti salatut toimintaohjeet Hintelän antiikkiseen tiedostoon.

Hintelän mielestä pidätys oli saatu oikeudenmukaiseen päätökseen. Ensimmäiset askeleet vapauteen nostivat Hintelässä unholaan vaipuneen muiston lapsuudenkodista, missä juuri vankilasta vapautunut isä heitti koulun tiedoston seinään ja käski Hintelän äitiä lopettamaan yhteydenpidon kaikkiin viranomaisiin. Äidin sovittelevat sanat katkesivat äijän humalaiseen nyrkkiin. Kun itkuaan nielevä Hintelä keräsi muovisia tiedoston kappaleita ja äidin hampaita lattialta, hän vannoi jonakin päivänä tappavansa äijän.

Nuorukainen suunnitteli isänsä tappamista liian huolellisesti, sillä kolmen vuoden kuluttua ukko juoksi puukkoon jonkun ryyppyporukan välienselvittelyssä läheisessä metsässä. Se ampui ensin pistoolinsa ainoalla kudilla itseään polveen, horjahti sen jälkeen toisessa kädessään valitettavan paljaana olleeseen puukkoon ja alkoi korista viimeisiä sanojaan – tätä ryyppyporukan kesken sovittua todistajanlausuntoa kiirehtivät ensiaputaitoisetkin hokemaan kaikille tapaamilleen ihmisille. Osa kiinniotetuista ei tietenkään muistanut vuorosanojaan poliisikuulusteluissa, ja loput karkuun päässeistä olivat vaihtaneet try-out-sopimuksella uusiin ryyppyporukoihin. Jossakin suhteessa pojasta polvi parani, sillä Hintelä käytti päihteitä vähemmän kuin kohtuullisesti ja piti aseensa lippaan aina täynnä.

Isänsä hautajaisissa nuorukainen heitti monttuun lasketun arkun päälle pistoolin patruunan. Sen kärjen Hintelä oli aikonut palauttaa isänsä rintaan. Hintelän äiti nauroi hillittömästi koko seremonian ajan. Sama nauru jatkui suljetussa laitoksessa, kunnes lääkitys jätti alaleuan roikkumaan auki. Hintelän mielestä ainoa positiivinen muisto lapsuudenkodista oli kauhtuneessa nahkakotelossa kulkeva vanha pistooli.

Äitinsä hautajaistoimituksen aikaan Hintelä ehti juosta PriceCityn keskustassa korttelin verran poliisia pakoon. Taskuvarkaus oli muuttunut hetkessä lyhyen matkan juoksukilpailuksi, kun paksun tiedoston omistaja sattui olemaan siviiliasuinen poliisi, jolla oli rikosetsivä Reijo Tinarsin keuhkot ja jousipamppu. Etsivä Tinars kyyditsi Hintelän autonsa takakontissa yhteistyökumppaninsa Kaira Erstin kauneushoitolaan kuulusteltavaksi. Vanhan lihamyymälän tiloihin restauroidun kauneushoitolan yhteydessä Tinarsilla oli käytössään sopivan paksuseinäinen varasto, jonka katosta Hintelä roikkui kengän kärjet lattiaa raapien ja vaati Tinarsilta korvauksia jousipampun aiheuttamista ruhjeista. Tinars vastasi hakkaamalla pampullaan uusia korvausvaatimuksia Hintelän selkään. Hintelän tajuttomuuden aikana Tinars kaivoi poliisitiedostostaan pitkän listan kattokoukussa roikkuvan ammattivarkaan urotekoja. Tästä tapaamisesta alkoi Hintelän ja etsivä Tinarsin yhteistyö, jonka alkutahdeissa Tinars luovutti Hintelälle tämän isän tappajan nimen.

Seuraavana päivänä alkoholilla päänsä laimentaneen vanhuksen takaraivosta löytyi silmän kautta saapunut yhdeksän millin muistutus Hintelän isän tappolupauksen tehneiden paikkavarauksista. Vanhan juopon kuolema ei liikuttanut kuin hautaustoimistoa, jonka kautta etsivä Tinars lähetti kutsun eräälle vainajan tuttavalle. Yksinäisen vanhuksen hautajaiset olivat hiljainen ja vaisu tapahtuma. Paikalla olivat ainoastaan papiksi naamioitunut Tinars ja vainajan tuttava. Tapahtuman lopuksi etsivä Tinars lapioi kahden vainajan ja äänenvaimentimella varustetun pistoolin nielevän hautakuopan umpeen ja maksoi kaikki hautaustoimistokulut.

Kauneuskilpailuihin kelpaavalla hoikkuudella siunattu, pehmeillä hampailla ja terävällä kielellä varustettu Kerstin Wäinö luki Hintelän ojentamasta tiedostosta Ari Demtin lähettämää toimeksiantoa: — Eli aamulla lähdetään käymään vierailulla Urpo Porun luona. Se mulkku on minun entinen mieheni.

Hintelän ja Kerstinin ensitapaaminen oli tapahtunut AA-kerhon kokouksessa, missä Hintelä oli suorittamassa etsivä Reijo Tinarsilta saamaansa tavanomaista kuuntelutehtävää. Lähes kaikki Tinarsin antamat tehtävät tapahtuivat AA-kerhossa.

Kerstinin ja Hintelän toinen tapaaminen tapahtui PriceCityn Räppikuppilassa vielä samana iltana. Se oli rakkautta ensi oluella ja samalla savukemerkillä. Seurustelua vankistivat jatkuvasti valittava sänky ja Kerstinin päivittäin tyhjentämät viinipullot. Valitettavasti Hintelän ryöstökammon takia tekemättä jääneet rötökset ja petokset horjuttivat alati nitkahtelevaa taloutta. Kerstinin mielestä suurin onni hänen ja Hintelän suhteessa oli Ari Demtin ja Kari "Hintelä" Murskalan kaveruus. Arin maksamilla palkkiorahoilla Kerstinillä olisi mahdollisuus rakentaa pariskunnan yhteisistä unelmista upea tulevaisuus itselleen.

Kerstin ei tiennyt Hintelän ja etsivä Tinarsin yhteistyöstä mitään. Hintelä piti sitä omana takaovenaan, olihan työkokemus ammattivarkaana jo näyttänyt kaiken menevän jossakin vaiheessa päin helvettiä. Hintelän takaovi kävi kuitenkin vain yhteen suuntaan, sillä Tinars oli muistuttanut Hintelälle syöttävänsä tämän pallit huumekoiralleen, jos heidän yhteistyönsä tulisi julki.

MEIDÄN PUOLUEEN KOKOUS JATKUU

Ari julisti kahvitauon päättyneeksi. — Tämän palaverin aiheista ei lähetetä mitään kenenkään tiedostoon. Heti alkuun kaikki laittavat henkilökohtaiset tiedostonsa kiinni ja kiikuttavat ne tuohon nurkassa olevaan metallilaukkuun. Tästä kokouksesta tehdään muinaisen mallin mukainen paperinen muistio. Minä otan sen kokouksen päättyessä haltuuni.

Ari oli löytänyt autotallinsa perukoilta vanhan paperisen muistion ja kynän, jotka hän liu'utti keskelle pöytää. Assi Stant tiesi niiden olevan antiikkikeräilijöiden suosiossa, ja hänet valittiinkin käsinkirjaajaksi. Assi siirsi kansion vaivihkaa Karvakkaalle, joka otti sen hanakasti vastaan.

Samaan aikaan Ari Demtin makuuhuoneessa etsivä Tinars taiteili nahkasapelinsa Kaira Erstin takapuoleen ja toljotti kuolleilla silmillään seinällä roikkuvaa valkoista kravattia. MetalLiha-yhtiön valvomon vastuuvirkailija heräsi raikkaisiin pariutumisääniin. Kravatiksi naamioitu huipputeknologia lataantui jopa äänistä. Niinpä valvomon vastuuvirkailija pääsi aitiopaikalta näkemään, kuinka takatuupparina tunnettu Tinars puksutti tankkiaan tyhjäksi Kairan myötäileviin pohjavirtauksiin yhtä varmasti kuin muinainen Evinrude järven selällä.

Kairan takapuoli kohosi hyökyaallon lailla etsivän sulaessa hänen selkäänsä. Kairan kosteikkoon nahkapeitsensä sulattanut Tinars ei tiennyt kravattiin kätketystä huippuhienosta teknologiasta, mutta valkoinen kravatti sopisi hyvin hänen mustaan poliisipaitaansa. Yhteisen tupakoinnin aikana etsivä kysyi Kairalta seinällä roikkuvasta kravatista.

Tinars oli jättänyt autonsa keskustaan, jonne hän lähti kävelemään tappaakseen työpäivänsä viimeisen tunnin. MetalLihan valvomoon muodostui kuvaa PriceCityn hienostokaupunkialueesta, ja taustalla suhisi Tinarsin vihellys.

— Kyllä se kravatti olisi sopinut tuohon valkoiseen takkiisi tosi hyvin, Pirkko Nuoska kuiskasi vieressään istuvalle Arille.

— Ei ikinä, annoin sen vaimolleni. Aloitetaan!

Ari nousi seisomaan ja kertoi puolueelle suunnittelemastaan uudesta hankkeesta, jolla oli tarkoitus sitouttaa kansalaiset Meidän Puolueen aktiivisiksi asiakkaiksi:

— Ensimmäisenä kehitämme monia sairauksia aiheuttavia ruokia. Perustamme yhtiön markkinoimaan ja myymään niitä. Arvioisin, että kymmenen toimipistettä riittää PriceCityyn, kun ne ovat auki ympäri vuorokauden. Tämän bisneksen jälkeen lasketaan markkinoille vauvanruokatuote. Se valmistaa pienokaisia siirtymään aikanaan meidän pääruokaamme. Samaan aikaan on alettava rakentamaan omia sairaaloita. Pitäähän kansalaisille olla tarjolla oman puolueen hoitoa, oman puolueen lääkefirman lääkkeillä.

— Ja rasvaimuja.

— Totta kai! Hieno idea, Assi.

Pirkko katsoi ihaillen Arin itsevarmaa olemusta ja kiiti luotijunan nopeudella haavemaailmaansa. Tällä kertaa Pirkko ajelehti Arin kanssa samassa kanootissa Pina Colada -meressä ikuisen auringonlaskun maalatessa hennot varjot Arin lommollaan oleviin persposkiin, jotka pumppasivat hikisinä palkeina Pirkon reisien välissä.

— Ja ummetus, ei pidä unohtaa ummetusta. Siitä se kaikki alkaa, liian vähän kuituja, räppäri heitti.

— Hyvä, kun otit esille. Tuo täytyy muistaa. Eväiden täytyy olla kuituköyhiä. Kirjoitatko tuon ylös!

Kanootissa Pirkko oli siirtynyt ripeästi huoltamaan Arin köliä. Hänen tietämyksensä purjehdustermeistä ei vastannut kansainvälisen huviveneenkuljettajan vaatimuksia, mutta mitäpä muuta Pina Colada -merenkäynnissä tarvitsee osata kuin reivata köliä.

— Perustetaan hautaustoimisto sinne ketjun loppuun.

— Hyvä Arpi, Ari kannusti ja oli mielissään uudesta rahantekomahdollisuudesta.

— Ikuisia asiakkaita, Karvakas tuumasi ja jatkoi:

— Laitetaan firman nimeksi Paskaruokaketju.

Ari tiesi, miten saisi pidettyä räppärin hankkeessa mukana. — Kas Karvakas. Siinä on koko konsernin nimi. Tuttipullon hylättyään penskat konttaavat meidän ruokalamme kautta meidän lääkärimme vastaanotolle, ja kauniiksi lopuksi liimataan meidän valmistamaamme arkunkanteen Kas Karvakkaan naamakuvalla varustettu tarra.

Assi nosti kätensä pystyyn. — Markettien hyllyt täytetään Kas Karvakas -lastenruokapurkeilla.

Pina Colada -merenkäynti ja Arin kölin huoltaminen innoittivat Pirkonkin osallistumaan ideoiden heittelyyn:

— Kas Karvakas -kondomeja. Ja maansiirtofirma. Kuorma-autoja ja muita koneita, kaikkea mitä semmoiseen maansiirtofirmaan tarvitaan. Voitaisiin perustaa maansiirtofirma, joka toimittaisi Kas Karvakas -karkeuteen siilattua hiekkaa rakennustyömaille.

Aihe oli Pirkolle ajankohtainen, olihan perhe aloittamassa kaupungin hienostoalueelle tulevan omakotitalonsa pohjatöitä. Pirkko näki kuvitelmissaan julmetun kokoisen kuorma-auton; olivatko ne niitä telejä, joissa renkaat ovat kiinni? Niitä Pirkko ynnäsi auton alle. Varmaan viisi teliä riittää, silloin saadaan paljon hiekkaa lavalle. Sitten kuorma-auto kippaisi yhdeksän ilmaista sorakuormaa heidän talonsa perustuksia ja pihatietä varten aurinkoiselle tasamaatontille. Kuorma-autojen täytyisi olla aina puhtaita, eikä niistä saisi kuulua mitään kitinöitä ja narinoita, joita Pirkko joutui kuuntelemaan lastensa suusta aamupalalla.

Ari oli heittänyt kaikille maistuvan täkyn ja ehti pohtia pankkitilinsä painavuutta sekä kuinka paljon eilen tilattu ökyauto sitä keventäisi. Hyvillä mielin Ari jatkoi valtameriluokan purjeveneeseen, joka kellui aina valmiina poliitikkojen purjeveneille ruopatussa syväsatamassa. Sen pidemmälle sillä ei matalien vesistöjen takia päässytkään, joten Arin ajatus palasi hänen turhien neliöiden valloittaman asuntonsa kautta rakenteilla olevaan konserniin.

— Tästähän tulee Ikiliikkuja, Assi hihkaisi.

— Synnytetään, syötetään, juotetaan, hoidetaan ja haudataan. Se voisi olla meidän mainoslauseemme, Pirkko vahvisti.

Ari varmistui luomuksensa toimivuudesta leipoa niin hyvää kakkua, että se kelpaisi veroparatiisin pimeisiin kylmiöihinkin. Sonni kuunteli vähemmällä kuin puolella korvalla Ikiliikkujan valmistumista: — Anteeksi, saanko puheenvuoron?

Selkeän kuuluva ja varma ääni leikkasi pulinan poikki. Kaikki paikalla olevat poliitikot katsoivat Sonnia ihmeissään.

— Anteeksi-sana on kielletty Meidän Puolueen sanapakissa. Sen jättämään tilaan on sullottu mojova pino käyttökelpoisia selityksiä, Arpi sanoi.

— Minulla alkaa kohta heittoharjoitus, pitäisi lähteä kotiin vuolemaan keihäitä.

— Totta kai, eiköhän lopetella, Ari sanoi.

Rahastonhoitaja Mika Lie oli kaikessa hiljaisuudessa saanut oman ikiliikkujansa valmiiksi. Hän aikoi odotella suunnitelmien toteutumista ja kiristää sitten paikallaolijoita kaikesta kähminnästä.

— Nyt lähdetään porukalla syömään. Ehditkö kirjoittaa kaikki ylös? Ari kysyi Karvakkaalta.

— Kyllä sain, ja tässä tiivistetysti ydinkohdat, Karvakas sanoi ja nousi seisomaan: — Nyt kuulolla kansa varaton! Parveilen teidän hyväksi, käyttöä edistän ja seuraavana ovatkin leikkaukset vuorossa, riittääkö leipää jonossa? Ehei rouva, etuilen vain horoskoopissa, kädessä värisee viimeinen virka, viesti näytöllä äänetön – teit yhden erheen, loit työurasta perheen, et saa koskaan kuvaasi tauluun, kun sinut maalataan pilkkalauluun...

Hiljaisuus katkesi Arin riuhtaistua kansion Karvakkaan käsistä.

— Hei, se ei ollut vielä valmis, eka versio vasta!

URPO PALKKAA AUTONKULJETTAJAN

Puoluetalon tyhjentyessä Ikiliikkujan suunnittelijoista Urpo Poru palasi golfkentältä kotiinsa. Puhemies puhui autolleen, joka välitti autonkuljettajan työpaikan julkiseen työnhakutiedostoon. Kahden tunnin kuluttua Urpon talon portilla oli kahden miehen muodostama jono, joka herätti tupakantuskaisen Roima Sinkkibergin kiinnostuksen.

Roima oli palaamassa itse valamansa messinkisuikka päässään entisten metallimiesten pitkäksi venähtäneestä illanvietosta. Roima arvasi miehet autonkuljettajiksi jo hyvän matkan päästä. Sen verran kovaan ääneen lyhyessä jonossa peruutettiin, ohitettiin hitaampia ja purettiin kuormaa. Jonon ensimmäinen mies oli vanha rahtari ja toinen nuori kaahari. Kaahari katsoi mittaillen metalliportin takana olevaa, kiiltävää Mersua. Sinkkiberg pummasi rahtarilta tupakan ja päätti vaihtaa ammattia.

Työnhakijoiden jonon häntä huojui Roiman illanvieton takia. Summeri soi ja portti liukui hivenen auki. Kolmikerroksisen, betonisen omakotikolossin ensimmäisen kerroksen koko sivun mittaiselle parvekkeelle ilmestyi poliitikon näköinen mies viittilöimään miehiä sisälle.

Jonon ensimmäinen mies tuli ovet paukkuen ulos haastatteluhuoneesta, aivan kuin huoneessa riehuisi ruttoepidemia.

— Ruttoa tai sinappikaasua, ei tunnu missään, Roima hihkaisi.

Eilinen juhlija oli vielä sopivasti simoissaan ja puhkui itseensä varmuutta, jolla ei ollut mitään kaikupohjaa hänen viimeaikaisten tekojensa kanssa.

— Hullu ukko, sai jälkimmäinen haastateltava sanottua Roimalle.

Kaahari kolisutteli jo metalliportaita alas uloskäynnille, kun odotushuoneeseen kuului ponteva ääni: — Sisään!

Roima tosiaan istui entisen lastenneuvolan odotushuoneessa. Urpo oli ostanut rakennuksen sopivalla alihinnalla. Roima astui sisään entiseen toimenpidehuoneeseen. Ennen Suurta Harventajaa siellä oli vielä puntaroitu ja mitattu kaikenikäisiä vauvoja. Nykyään kaikkien terveyspalveluiden toimivuudesta vastasivat yksityiset palveluntuottajat. Hoidot, niihin liittyvät laskutukset ja korvaukset oli risteytetty niin sekasikiöiseksi kudelmaksi, että sen osasivat keriä auki vain palveluntuottajien lääkärit ja lakimiehet.

Roima siis seisoi messinkinen suikka päässään entisen toimenpidehuoneen keskellä ja katseli Urpoa tiukasti silmiin. Urpo aloitti haastattelun: — Miten auton käsittely ja ajonopeudet onnistuvat? Minä en luota näihin nykyajan itsestään kulkeviin autoihin. Ne ovat kohta tappaneet ihmisiä enemmän kuin Suuri Harventaja.

— Ajan aina keskittyneesti alinopeutta.

— Onko työkokemusta ajohommista?

— Olen minä bussiakin ajanut.

— Mikä oli työnantajan nimi?

— Antabus-linjat.

— Oletko valmis pitämään tuota metallista suikkaa päässäsi jokaisena työpäivänä?

— Olen.

Näin Roima Sinkkibergistä tuli Messinkisuikka. Roima kertoi Urpolle rautakouravuosistaan, jolloin hän oli työskennellyt metallivalimolla ja valanut suikan muistoksi työpaikastaan. Urpo kirjasi tarkasti tiedostoonsa Messinkisuikan kertomia kokemuksia työstään. Ne olivat oikeita kultajyviä, joita puoluejyrä heittelisi ensi viikon tehdastapaamisessa Dyrlandian suurimmalla ohjustehtaalla.

SEURAAVANA AAMUNA

Urpo heräsi makuuhuoneen lattialta ja kampesi itsensä pystyyn. Puhemies oli saanut eilen pitkän puttinsa kohdalleen ja palkannut mieleisensä autonkuljettajan. Siinä oli ollut riittävä aihe yhden hengen humalaan. Noustuaan koripallokentän kokoisen maton reunalta Urpo ei tuntenut älykkyyden painolastin vielä vakauttavan ajatuksiaan. Reilusti ylipainoinen mies vyötti kylpytakkinsa ja lähti laskeutumaan kellarikerroksessa sijaitsevaan pesuhuoneeseen. Portaissa Urpo joutui väkisinkin seurustelemaan keuhkoahtaumansa kanssa.

Pesuhuoneen peilissä oli vastassa poliittisen uran pahin vastustaja, kasvot turvonneena läpi yön jatkuneen juomisen ja suolaisten välipalojen ansiosta. Aristavat silmät ihmettelivät silmälasien sankojen narinaa jossain peilin ulkopuolella. Urpo vetäytyi askeleen kauemmaksi ja oikaisi ryhtinsä. Samalla hetkellä huoneesta katosivat valot.

Urpo kääntyi kömpelösti oven suuntaan ja alkoi hapuilla kaakeliseinästä valokatkaisijaa mutta törmäsi kirkkaaseen valokeilaan. Rivakka käsien liike silmien suojaksi aukaisi kylpytakin vyön ja paljasti Urpon haarovälin. Valokeila siirtyi valaisemaan Urpon pelon rypyttämiä palleja, ja jostain valokeilan takaa tuleva vaimea hihitys muuttui karjaisuksi, jonka aikana Urpon haaroväliin kiilautui musta nahkasaapas.

Sikiöasentoon koteloitunut poliitikko oli uransa aikana tottunut moniin yllättäviin tilanteisiin. Nytkään Urpo ei tiennyt tapahtuman syitä eikä seurauksia, ja valokeilan takaa tehty ratkaisu oli tehnyt kipeää.

— Tämä on sitten viimeinen varoitus. Sinulla on viikko aikaa erota puolueesta. On kuule terveellisempää pysyä mökillä kalastelemassa ja lanttuja naaraamassa.

Kehotus oli kuulunut naamarin takaa, Urpo päätteli. Vaikka hänen pallinsa olivat edelleen karjalanpiirakkaakin tiukemmin rypytettyinä ja musta nahkasaapas oli jättänyt alavatsaan korventavan uunin, politiikassa patinoitunut konkari alkoi tietää oikeita vastauksia: — Ei lanttuja naarata.

Urpo sai vastauksen nahkasaappaalta ja kyyhötti lattialla alavatsaansa pidellen. Poliitikon paatuneisuudella hän aikoi päästellä suustaan jotakin ympäripyöreää. Tulevasta sanomasta Urpolla ei ollut vielä mitään hajua, mutta hän tiesi sisällään olevan ehtymättömän kaivon teflonpintaisia selityksiä, joita aina tarpeen vaatiessa alkoi pulputa hänen suustaan. Niinpä Urpo aukaisi kaivonsa kannen: — Mikä oli viimeistä edeltävä varoitus, ennen lanttujen naaraamista?

— Se jätettiin väliin. Anna kakkulat tänne.

Urpo ojensi silmälasinsa pimeyteen. — Ne ovat ihan normimuovia, ei niissä ole vahvuuksia. Imagon kohottajat, tiedät varmaan.

Napsahduksen jälkeen silmälasin kappaleet iskeytyivät Warmlandiasta tilattuihin, käsintehtyihin lattialaattoihin. Jos pesuhuoneessa olisi ollut valot päällä, olisi voinut nähdä laatoituksen upeat värit ja lattian monimuotoisuuden. Lattiassa ei ollut yhtään samanlaista eikä samanväristä laattaa. Oliko lattialämmitys säädetty liian kovalle? Urpo ei jäänyt pohtimaan sitä. Jos hän olisi puntaroinut kaikkia elämäänsä ja työhönsä energiaa tuovia lähteitä, hänen poliittinen uransa olisi pudonnut polvilleen heti alkumetreillä. Kipu Urpon alavatsassa alkoi haalistua.

— Tämä on hyvä merkki, Urpo tokaisi pirteästi.

Seuraava merkki olikin Urpon kannalta paljon huonompi. Valokeila kutistui poliitikon toiveikkaisiin kasvoihin. Otsalamppu! Urpo tiesi taas oikean vastauksen mutta päätti tällä kertaa pitää suunsa kiinni. Se oli oikea päätös, sillä valokeila sumeni Urpon silmissä kyynelkaasun vyöryessä hänen kasvoilleen. Kaasunaamari! Taas oikea vastaus, josta ei ollut Urpolle mitään hyötyä. Mies itki ensimmäistä kertaa poliitikon urallaan. Pallien rypytyskin alkoi suoristua, kun Urpo tunsi jonkin liikahtavan sisällään. Tunne oli häkellyttävän voimakas. Ensin Urpo arveli sen olevan sydämen uinahdus tai maksan säätimen häiriö. Kokeneena poliitikkona hän tiesi kaikki asiat kehonsa ulkopuolella, mutta hänen oman kehonsa tuntemuksien tulkinta perustui Meidän Puolueen Elinkorjaamon kuukausitiedotteisiin.

Mustiin nahkasaappaisiin ja vanhaan, roskalavalta pengottuun tuulipukuun pukeutunut mies taittoi itsensä Urpon auton viereen pysäköityyn, surkeasti entisöityyn mutta ajan henkeen sähköistettyyn muinaiseen Taunukseen. Kuljettajan paikalla istuvaa, marketin halvimmille kemikaaleille tuoksuvaa Kerstiniä nauratti. — Hintelä, ota tuo naamari pois. Miten se meni? Saitko viestin perille?

Huohottava mies riuhtoi kaasunaamarin päästään ja paiskasi sen Taunuksen avonaisesta ikkunasta Urpon Mersun kylkeen.

— Tyypillinen poliitikko, ei tajua mistään mitään. Lähdetään vetämään. Pöllin lähtiessäni pienen tiedoston ukon takin taskusta, siinä voi olla rahanarvoista tarinaa. Tutkitaan se yhdessä kämpillä.

Urpon entinen seuralainen Kerstin Wäinö ohjasi Taunusta yhdellä kädellään ja odotti mustan Mersun täyttävän taustapeilin.

— Keskity ajamiseen, ei se ukko meidän perään lähde. Sumutin sen verran kyynelkaasua sen naamalle.

— Jos se soittaa poliisit? Kerstin puntaroi ja pakotti itsensä unohtamaan taustapeilin.

— Ei soita ihan hetkeen. Ukko murtui ja jäi lattialle itkemään.

Kerstin hymyili ja antoi pikapusun Hintelän poskelle. Hintelä painoi Taunuksen hanskalokeron avausnappia. Lokeron peltinen kansi liukui äänettömästi johonkin kojelaudan uumeniin, ja tilalle kääntyi tumma näyttö. Hintelä ei ymmärtänyt mitään Taunuksen tekniikasta. Kerstin oli perehtynyt näihin autojuttuihin paremmin, kun taas Hintelä tunsi olevansa omimmillaan saadessaan hoitaa ihmissuhdeasioita. Työnjako oli selkeä ja yhtä vaivaton kuin mikä tahansa paritteluasento Kerstinin kanssa.

— Miten keikka meni? Arin pää kysyi näytöllä.

Hintelä katsoi ensimmäisen kerran hanskalokeroon ilmestynyttä Aria.

— No, kerro rohkeasti vain, tämä on salattu yhteys. Hightech, you know, minulla on suhteet konefirmoihin, Arin ääni kuului kumeana hanskalokerosta.

Hintelä alkoi hahmotella Taunukseen uusia kaiuttimia.

— Vierailu meni niin kuin sen pitikin mennä. Viesti on toimitettu, Kerstin sanoi ja hipaisi sormellaan näyttöä.

Hintelä ei ehtinyt sijoittaa uusia kaiuttimia Taunukseen, kun hän ymmärsi hanskalokeron peltikannen tyrmänneen Arin johonkin kojelaudan uumeniin. — Tähän kärryyn on saatava paremmat kajarit.

— Olisit sanonut sen äsken Arille.

Taunuksen kapteenina toimiva nainen ei kaivannut entisen Urponsa lähetyssaarnaajan valtuuksia, aina samassa asennossa tapahtunutta, hermoja sahaavaa ähkimistä suoraan korvaan. Kerstinin ja Urpon avioliitto oli ollut ulospäin särötön ja steriili kuin jäähallin jää. Urpon järjestämissä tupaantuliaisissa Kerstin oli vetänyt avioventtiilinsä sulkuun ja jättänyt miehensä. Aviojään sulamisen seurauksena pinnan alta olivat paljastuneet liiton kahteen suuntaan ruostuneet rakenteet. Urpo kiihdytti juomistaan, kun taas Kerstin yritti vähentää sitä.

SEURAAVA PÄIVÄ ALKOI SEURAAVASTI

Karvakas rustasi Meidän Puolueelle iskeviä sanoituksia. Sonni valmisti kotonaan epäterveellisen aamupalan ja valmistautui vuolemaan keihäitä. Urpo ylensi Messinkisuikan turvamiehekseen. Ari ryhtyi tarkastamaan omaisuustiedostojaan ja odotti Urpon irtisanoutumista puolueesta. Kerstin aloitti askareensa korkkaamalla viinipullon. Hintelä ei ollut kuppimiehiä, joten Kerstin yritti pysytellä pienissä annosmäärissä. Näin Kerstin oli tehnyt asian itselleen selväksi. Todellisen syyn tietää varmasti joku kokenut vankilapsykiatri, ajatteli Hintelä samasta asiasta.

Hintelä selasi Urpolta varastettua tiedostoa ja antoi ytimekkäitä arvioita sen sisällöstä: — Paskaa, paskaa, paskaa.

Sitten ohut etusormi ojentui kohti näyttöä: — Tässä on tarinaa jostakin pressasta.

48

Kerstinin mielestä se oli hyvä syy kallistaa lasistaan hieman reilumpi siivu. — Kerro ihmeessä.

— Ollaksesi vallan rivassa roikkuva poliitikko sinun täytyy osata ainakin lukea ja kirjoittaa. Hyvänä esimerkkinä on eräs muinainen presidentti, Laaban Ruoska, joka ensi töikseen perehtyi presidentinlinnan lukuisten ruokalistojen vieraskielisiin nimiin ja vaati itse maalaamansa reseptin henkilääkäriltään. Ruoskan julkiset puheet pysyttelivät koko ajan nokkelan sanailun ja vittuilun välimaastossa, jossa ei ollut tilaa asiayhteyksille. Viimein Ruoska vietiin vaivaistaloon, josta hän nukkui multapeiton alle.

Hoivakoteja alettiin kutsua vaivaistaloiksi jo ennen Suurta Harventajaa. Pandemian jälkeen hoitajien kerrottiin syöneen potilaiden lääkkeitä pysyäkseen toimintakunnossa.

Mitä Dyrlandian muinaisiin presidentteihin tulee, joitakin poikkeuksiakin on ollut. Tästä on todisteena Kaarin Kurilainen, moniammatillinen kolmekymppinen, todellisessa televisiossa viihtynyt eroottinen tähti ja autuaaksi tekevän palautusjuoman kehittänyt muinainen somejulkkis. Heti valinnan tultua viralliseksi hänen nimellään kallisteltavan palautusjuoman todettiin aiheuttavan pahoja hallusinaatioita. Kurilaisen onneksi hänen lakeijansa reagoivat nopeasti tilanteeseen.

Kohua seuranneen julkisen kinaamisen aikana Kaarin Kurilainen hävisi vähin äänin Onnelandiin. Siellä hän uudisti uuden kotimaansa liikennemerkkejä. Jos osaisin piirtää, luonnostelisin tähän Kurilaisen suunnitteleman, tietyömaata osoittavan liikennemerkin. Siinä isokokoinen lapiohenkilö on luonut eteensä itsensä korkuisen ka-

san maata. Onnelandin kuningas ylisti liikennemerkin kuvaavan heidän maansa ahkeria ihmisiä ja teiden kuntoa.

Mainittakoon, että Kurilaisen tunnetuin Dyrlandian presidenttiyden aikainen twiitti oli: miks minu pittää rajottoo biletyst ja pittää kuasunaamarrii, hei comeon, tajuutsä niinku, mä oon jangsteri, eiks kaikk delanne o jo kuallu, eiköhä se o tavallaa niitte iha oma piänsärky, niingo niitte omas piässä?

Hintelä puisteli päätään. — Mitähän tämä tarkoittaa? Ukko on ihan sekaisin.

— Kusipää teki tuota avioliittomme aikana. Jostakin syystä se väsää noita tiedostoja, kaikki poliitikot kuulemma tekevät niin. Jotkuthan ovat julkaisseet niitä julkisiin tiedostoihin. Ketä kiinnostaa jonkun lahoavan äänitorven piikkaukset vanhoista hyvistä ajoista?

Hintelä nakkasi Urpon tiedoston huoneen nurkkaan. Se kilahti rykelmään tyhjiä viinipulloja, joita Hintelä käytti ammuntaharjoituksissaan.

Kun Ari aukaisi iltapäivällä yhteyden Urpolle, tämä ei maininnut tavullakaan mitään murtoon eikä pahoinpitelyyn viittaavaa. Illalla odottavan kärsivällisyys karahti kiville. Ari otti yhteyden Hintelään ja vaati täsmällistä selvitystä vierailusta Urpon luokse. Hintelän ylimalkaisen selvityksen jälkeen vuorossa olivat Arin antamat lisäohjeet: — Käyt uudestaan vakuuttamassa Urpolle, että puolueesta eroaminen ja politiikan jättäminen on turvallisin ratkaisu. Viedään tämä vaikka pala kerrallaan maaliin, kuuletko...

Hintelä kuuli mitä kuuli puhelimen luistellessa korvan ja olkapään välissä ja pöydällä levällään olevan vanhan Lugerin odottaessa uutta liipaisinta paikalleen. — Selvä, Hintelä lopetti puhelun Arin vielä selittäessä jotakin.

Illan päätteeksi Ari ajoi kesämökilleen. Tunnin ajomatka PriceCitystä keskelle asumatonta korpea jätti taakseen työpäivän paineet. Saunomisen ja tukevan iltapalan jälkeen Ari nukahti sohvalle.

Ari ajaa pankin omistamalla automerkillä, kiilailee moottoritiellä, vaihtaa ruuhkassa jatkuvasti kaistaa ja tunkee ahtaisiin rakoihin. Poliisi vinguttaa pilliä ja pysäyttää, haluaa nähdä ajokortin, haluaa nähdä sotilaspassin, haluaa nähdä syntymätodistuksen. Sinihaalari lonkeroituu pikkutarkasti kaikkeen ja sanoo lopulta: — Matka kotiin maksaa viisikymmentä dyriä.

Ari saapuu ajoissa kotiin ja ehtii käydä suihkussa, kammata tukan, ajaa parran sekä sipaista myskiä takareisiin. Myskipullon korkin narahtaessa kiinni aina viehättävä Kaira saapuu ilmoittamaan pääkivusta, ilmavaivoista ja kroonisesta haluttomuudestaan sänkypuuhiin. Ari haluaa tutkia peniksellään vaimonsa huulia, mutta moottoritiellä kaikkeen lonkeroitunut poliisimies laskeutuu yläkerrasta ja lukee kämmenestään: — Poliisivalan mukaisesti huulien muotoilussa on käytetty sapluunana keskivertopoliisin mulkkua.

Ari ja Kaira nauravat. Nauru muuttaa kämmenestään lukevan poliisin Arin uuden ökyauton takuuvihkoksi. Takuuvihko taklaa Arin suoraselkäisyydellään: — Takaisinkutsumme mukaan tämän auton takuuajan aikana yksikään auton kokoamiseen osallistuneista työntekijöistä ei täytä kahtakymmentä vuotta.

— Selkeä enneuni.

Näin Ari tuumaili ja käänteli nakki-sipulisekoitustaan paistinpannulla. Hitaasti valmistuvan aamupalan tuoksu levisi hirsimökin avoimesta ovesta lähimaastoon. Reviirinsä laitamilla sijaitsevaa kakkoskoloaan tarkastamaan tullut takkuinen kettu pysähtyi nuuhkimaan ilmaa, kunnes tuoksuvyöryn keskelle rapsahtanut terävä ääni säikäytti sen juoksuun.

Ari laski olutpurkin kädestään ja pieraisi. Kettu ei kuullut Arin pierua. Se tonki jo uuden vainun riivaamana myyrän koloa. Aamupalan jälkeen Ari teki lähtöä laiturille, mutta lapion kokoinen tiedosto katkaisi suunnitelmat.

— Tuota, olihan tämä salattu yhteys?

Naama ja ääni olivat Hintelän. Lähetys tuli Taunuksen hanskalokerosta.

— Kyllä on, anna tulla.

— Minulla on Urpolta se vakuuspalautus, mistä oli eilen puhetta.

— Hyvä, tule tänne kertomaan. Olen mökillä. Siinä näytössä on navigaattori, sen muistissa on osoite tänne. Anna Kerstinin hoitaa navigointi.

— Ihan varmaan.

Lyhyen keskustelun lopuksi Ari kuittasi keskustelun ymmärretyksi kansainvälisten konfliktien yhteisellä komentokielellä: — Roger.

— Ei se ole roger. Se on Luger.

Kun Kerstin kaivoi hanskalokeron näytöstä Arin mökin osoitetta ja selvitti Hintelälle, mikä merkitys rogerilla on viestittelyssä, Ari ihmetteli epävirallisiin asiantuntijatehtäviin palkkaamansa lapsuudenystävän puheita.

Hiekkalaatikolla kaveri oli ollut terävimmästä päästä ja luotettava yllytyshullu.

Kerstin jäi ulkopatiolle ihailemaan tyynenä seisovaa järven pintaa. Tuvassa Ari pälyili kiihkeästi muovikassia kädessään roikottavaa Hintelää.

— Toitko kaljaa? Miten meni? Joko huomenna tulee Urpon eroilmoitus?

Hintelä laittoi muovikassin matalalle lasipöydälle ja nosti sieltä verisen lenkkarin. — Nilkan kohdalta vetäisin poikki, aika siisti sahausjälki. Ukon kellarissa oli hyvässä ketjussa oleva moottorisaha. Siinä on nyt se ensimmäinen pala, josta me puhelimessa sovittiin.

Ari pidätteli oksennustaan ja kavahti taaksepäin. — Älä minulle sitä tyrkytä. Ei me mistään jalan sahaamisesta sovittu. Sitä piti ihan vähän kovistella lisää. Jätitkö Urpon sinne vuotamaan…

— En jättänyt. Kolkkasin ja raahasin kellariin, siellä jyräytin moottorisahalla nilkasta poikki. Sitten sidoin ukon nilkan. Siellä oli muuten joku turvamieskin paikalla, piti ampua se kaveri. Hyökkäsi ihan raivona päälle, kun käynnistelin sahaa. Onneksi ei lähtenyt heti käyntiin, muuten olisi päässyt yllättämään takaa päin. Ihme äijä, hosui jollakin metallisella hatulla ihan hullun lailla. Ei hätää, olin varastetuissa vaatteissa ja naamari päässä. Kaikki kamppeet on hävitetty.

Samaan aikaan Urpo katseli työhuoneensa ikkunasta pihallaan olevaa yksityisen pelastuslaitoksen ambulanssia. Auton miehistö työnsi valkoisella lakanalla peitettyjä paareja autoon. Lakanan alla olevalla henkilöllä oli vain yksi jalkaterä pystyssä. Vasen jalkaterä näytti puuttuvan kokonaan, lakanassa oli sen kohdalla verinen läikkä. Urpo veti pitkät savut tupakastaan ja karisti tuhkat messinkiseen, suikan muotoiseen tuhkakuppiin. Puhemies oli tunnistanut asuntoonsa tunkeutuneen Hintelän samaksi mieheksi, joka oli vieraillut aiemmin hänen luonaan. Kellarissa Hintelä oli ehtinyt ampua suikallaan hosuneen Roima Sinkkibergin ja yrittänyt käynnistää uudelleen moottorisahaa. Silloin Urpo teki poliitikon ratkaisun. Hän solmi Hintelän kanssa sopimuksen. Kun Urpo siirsi jalkansa arvosta rahaa Hintelän tilille, Hintelä täytti moottorisahan tankin ja sahasi Roima Sinkkibergin jalan nilkasta poikki. Tynkä istutettiin Urpon vanhaan lenkkikenkään, joka ei ollut juurikaan käytössä kulunut. Lenkkikenkä oli joskus korostanut Urpon urheilullista olemusta Dyrlandian ja Onnelandin välisen kuulantyöntömaaottelun avauspotkun suorittamisessa.

Urpo tumppasi tupakan suikkaan ja otti salatun yhteyden Kas Karvakkaaseen. Puhemies houkutteli Karvakkaan väliaikaiseksi kuskikseen tuntuvalla rahansiirrolla. Matka Sonnin tilalle tulee alkamaan tulevaisuudessa luvussa *Matka Sonnin tilalle*. Ennen sitä kaikki menee vähän aikaa päin helvettiä.

Arin mielestä Hintelän silmät olivat kylmemmät kuin yhdelläkään kalalla, jonka hän oli haavillaan nostanut vihreänkellertävästä järvestä. Pöydällä olevassa verisessä lenkkarissa oli vasen jalka nilkasta alaspäin. Kerstin kirkaisi avoimella ovella ja alkoi hamuilla laukustaan Taunuksen avaimia.

— Tiesitkö sinä tästä?

Kerstin käänsi katseensa kengästä Ariin. — En tiennyt. Odotin autossa. Hintelä kertoi menevänsä hakemaan vakuuksia Urpolta. Mitä nyt tehdään?

— Keitetään kahvit, Hintelä ehdotti.

Kerstin kääntyi ovella ja sytytti tupakan. Nainen puristeli Taunuksen avaimia kädessään ja laskeskeli seuraamuksia. Tästä seuraisi korkeintaan syyte avunannosta, jotakin pientä lisäpaskaa syyttäjältä ja ainainen pelko jalkaterän sahauksesta. Näitä ajatuksia pyöritellen Kerstin linkosi tupakan rantaan ja meni tupaan, jossa Ari siirtyi pöydän ääreen. — Vanha lenkkari, retrokamaa. Aika reilusti varvastilaa. Juu, keitä Hintelä kahvit, niin tuumataan samalla.

Vaikka Arin päässä myllersi, hän oli tehnyt nopeat laskelmat, joita noudattamalla uhkat muuttuisivat mahdollisuuksiksi. Ensinnäkään ei saanut näyttää pelokkaalta. Toiseksi Hintelän nopeaa muodonmuutosta kasakasta poliitikoksi pitää hieman suitsia. Tästä lähtien kaikkien toimeksiantojen täytyy mennä Kerstinin kautta. Hintelä alkoi nopeasti muuttua Arin laskelmissa arvokkaaksi valuutaksi, joka on parasta pitää omassa lompakossaan.

Kerstin taas katsoi uudella uteliaisuudella ruokakaappien ovia aukovaa Hintelää. Miehestä löytyi vaarallisempaa notkeutta kuin jokailtaisissa yhdyntäsessioissa. Helvetin Hintelä, mies oli vaikuttanut konnaksi siedettävän rehelliseltä. Ja Kerstinillä oli riittävä otanta konnista, sillä naisen menneisyyttä ei tarvitsisi tonkia kovin syvälle, kun jo alkaisi näkyä vankilan kattoa ja lakanaköysiä.

Hintelä puolestaan ihmetteli, minkälainen mies säilyttää kahvipakettia ja suodatinpusseja eri kaapeissa.

Kakkoskololleen palannut kettu nuuhki tuulta. Se laittoi ketun mahan kurnimaan.

Tuvassa käytiin keskustelua Hintelän ja Arin välisen puhelinkeskustelun aiheuttamasta sahausretkestä ja tulevista jatkotoimenpiteistä. Hintelä ehdotti oikean kämmenen sahaamista, jos Urpo ei vieläkään ymmärtäisi erota puolueesta. Ari toi keskusteluun poliisin mahdolliset toimenpiteet. Hintelä rauhoitteli Aria ja sanoi kaikkien jälkien johtavan – ei minnekään. Kerstin hörppi kahviaan ja uskoi tästä sittenkin kehkeytyvän tuottoisaa bisnestä. Ari ehdotti jalan tyngän hävittämistä takassa, jolloin Hintelä laajensi ehdotuksen koko mökin polttamiseen ja vakuutuspetokseen. Silloin Kerstin löi jarrun pohjaan:

— Poltetaan jalka takassa ja häivytään täältä. Missä on polttopuita?

— Minä haen liiteristä, Ari sanoi ja kiirehti pihalle.

Hintelä latoi muutamia koivuklapeja takkaan ja sulloi tuohia niiden väliin. Huoneeseen kiemurteleva savu laittoi Hintelän yskimään. Ari aikoi varmistaa hormin olevan auki. — Naakat ovat varmaan tehneet pesän piippuun. Takkaa ei ole käytetty moneen vuoteen. Menen katolle katsomaan. Lyökää lisää puita pesään, kun saan piipun auki.

— Ota varalta joku pitkä keppi mukaan, Kerstin sanoi ja aukaisi tuvan ainoan ikkunan.

Hintelä toi Urpon jalan takan reunalle odottamaan vuoroaan. Ari kaappasi liiteristä tuuran mukaansa ja nousi katolle. Hintelä lisäsi pari kalikkaa hiljalleen palavaan takkaan. Kerstin siirtyi pihalle yskimään. Ari työnsi terävän tuuran piippuun. — Joku tukko täällä on, vähän tulee savua läpi. Siellä on jotakin pehmeää. Käy sanomassa Hintelälle, että laittaa pökköä pesään heti, kun alkaa vetämään.

Miehelle, joka osaa käyttää moottorisahaa, on turha alkaa neuvomaan, miten takkaa lämmitetään. Niinpä Hintelä oli jo latonut takan täyteen puita ja piti veristä lenkkikenkää valmiina kädessään. Jalan polttoon valmistautuva mies epäili huoneeseen kiemurtelevan savun nostamaa hyvää oloaan rentoutumisen kaltaiseksi tilaksi. Hintelälle kokemus oli outo. Hän oli kylläkin nähnyt Kerstinin tekevän hengitysharjoituksia nousuhumalassa, mutta arveli niiden liittyvän jotenkin pariutumisrituaaleihin.

— Hakkaa siihen kunnon reikä, tupa on täynnä savua, Kerstin huusi Arille.

Tuuran kiiltävä terä kohosi näkyviin ja iskeytyi takaisin piippuun.

— Nyt alkaa vetämään! Hintelän ääni kuului katolle asti.

Ari hakkasi vimmaisena tukosta ja tunsi piipusta purkautuvan kuumuuden kasvoillaan. Kun piipusta karkasi savun seassa seteleitä, Ari päästi tuurasta irti ja kirmaisi niiden perään. Pitkä tuura putosi Hintelän kämmenselän läpi ja pysähtyi Urpon kantaluuhun. Hintelän rentous vaihtui epätoivoiseen karjuntaan. Tuuran puhkaisema kämmen oli sormet levällään kiinni Urpon lenkkarissa, kun kasa seteleitä valahti hormista takkaan. Ulkoa kuului Kerstinin kirkaisu; hän ehti hädin tuskin väistää katolta putoavan Arin.

Hormi alkoi vetämään oikein kunnolla, setelit paloivat iloisesti ja Hintelä karjui tuskasta. Tupaan kiemurteli palavan tennarin ja lihan käryä. Kerstin juoksi sisään ja ryntäsi takaisin pihalle. — Missä on ämpäreitä?

— Rannassa, saunalla, Ari sai vastattua. Setelinmetsästäjä istui mökin seinää vasten ja yritti pysyä tajuissaan.

Kerstin sammutti takan ja Hintelän savuavan käden kahdella ämpärillisellä vettä. Sen jälkeen hän nosti paksut hanskat kädessään kuumaa tuuraa sen verran ylös, että Hintelä sai kätensä vedettyä tulipesän päältä. Sitten Kerstin joutui Hintelän kehotuksesta purkamaan moskalla vanhan avotakan hormiin asti, niin että tuura saatiin kokonaan takasta ulos. Tuuran puisen kädensijan nokkaan oli pudonnut nahkakassi.

Arista ei ollut auttamaan. Mies makasi sohvalla ja valitti kyynärvarttaan. Kerstin taikoi laukustaan särkylääkkeitä, haki Arin autosta ensiapupakkauksen ja aikoi sitoa Hintelän käden. — Sinut on vietävä lääkäriin. Verinen reikä ja palanut käsi, se vaatii jonkun leikkauksen.

— Ei saatana, ei mennä sairaalaan. Meillä on kytät perässä, jos näyttäydytään siellä. Hae minun tiedostoni autosta. Otan kädestä kuvan ja lähetän yhdelle kaverille. Se tietää näistä jutuista. Onneksi ei ollut asekäsi.

— Onko se kaveri lääkäri? Ari kysyi.

— Ei se mikään lääkäri ole, mutta on pätevä. Sillä meni kuula kämmenestä läpi yhdessä kahakassa. Se kääri teippiä ympäri ja jumppasi pikku hiljaa käden kuntoon.

— Siis melkein kirurgi, Ari parahti.

Kerstin löysi kaapista konjakkipullon, kaatoi siitä reilusti nestettä sideharsoon ja sitoi sen Hintelän kämmenen ympäri. — Sairastat sitten omalla vastuulla. Minua on turha tulla syyttelemään, jos käsi ei palaa entiselleen.

Kerstin jätti konjakkipullon pöydälle ja lähti saunalle peseytymään.

— Kenen rahakätkö se oli? Hintelä kiinnostui.

— En tiedä, ei minun ainakaan. Veikkaan Kairaa.

— Kuka hullu laittaa rahakätkön savupiippuun?

— Vaimo. Tämä on hyvä kätköpaikka. Minä käyn harvoin täällä, ja Kaira tietää, että en tykkää tussaroida takan kanssa. Kaira ei ole käynyt minun kanssani täällä tontin kauppakirjojen kirjoituksen jälkeen. Sen aika menee kauneushoitolan pyörittämiseen, ja tyttöjen keskinäisen kehukerhon ylläpitäminen vie kaiken vapaa-ajan.

— Jos se oli sinun eukkosi rahaa, mistä se oli hommattu?

— En tiedä. Veroista lipsumista, kauneusliikkeellä tehtyä, jotain.

— Meidän on liuettava täältä ja tuikattava lähtiessämme koko paikka tuleen.

— Niin varmaan. Onneksi ketään ei ole kymmenien kilometrien säteellä. Minä hoitelen aikanaan poliisit ja puolue vakuutusyhtiön.

— Poltetaan samalla Taunus. Minulle ja Kerstinille kuuluu sitten bonus vakuutusrahoista, ja sinulla on sahauskeikkakin maksamatta.

— Siirrän palkkiot Kerstinin tilille, kunhan tokenen. Otatko konjakkia?

— Ei pysty. Se polttaa nielussa.

Tuvassa haisi taistelukentälle ja tappiolle, kun Kerstin asteli sisään.

Mökki ja Taunus roihusivat liekeissä, ja kettu päätti pienentää reviiriään hylkäämällä kakkoskolonsa.

Autossa Ari siirsi rahat Kerstinin tilille ja mietti, kuinka saisi kauneushoitolan kytkettyä Ikiliikkujaan. Hintelä ihmetteli savun keskellä kokemaansa outoa tunnetta ja kun ei muuta keksinyt, vertasi sitä tyhjän lippaan irrottamiseen pistoolista. Hintelä vilkaisi tiedostoaan tutkivaa Aria. — Työhommiako?

— Kyllä, tarkastan puolueen pöytäkirjoja, Ari valehteli.

— Järjestä minut sinne puolueeseen hommiin.

Kerstinin uteliaisuus heräsi, ja autonkuljettajan katse aukaisi tien Meidän Puolueen raajarikkoiseen vuosikokoukseen, missä Hintelän moottorisaha peitti kaiken valituksen alleen.

— Sinähän olet meillä töissä, Arin sanat sammuttivat moottorisahan Kerstinin ajatuksista.

Ari sulki äänellään tiedostonsa. Kairan kauneushoitolan kaikki taloustiedot oli lisätty Arin tiedostoon.

— Tarkoitan samanlaista työtä kuin sinulla, jotakin siistiä laitteen näpyttelyhommaa.

— Ensin täytyy vähän opiskella ja sitten läpäistä pääsykoe. Sen jälkeen Meidän Puolueen portit saattavat aueta. Tai sitten pitää olla joku kuuluisa itsensätuunaaja, kuka vain, josta tykätään jatkuvasti julkisissa tiedostoissa. Ja sinun hommissasihan kuuluisuus on kirous, eli on parempi olla pyrkimättä julkisuuteen, vai mitä Hintelä? Turha sinne on kammeta itseään paljastamaan. Kun taas politiikassa julkisuus on välttämätöntä ammatinharjoittamisen kannalta.

— Eikä rötöksistä jää kiinni, Kerstin heitti väliin.

PRICECITYN PARAS RIKOSETSIVÄ

Dyrlandian nykyisen poliisilaitoksen luokkajaon rakenne oli yhtä selkeä kuin kolmikantisen orjalaivan.

Päällystö paistatteli omassa erinomaisuudessaan ylimmällä kannella, kun keskiluokka hoiti kaikki siistit työt välikannella. Alimmalla kannella vähäosaiset väistelivät ylempien kansilautojen välistä tippuvaa paskaa tonkien vettä tihkuvien pohjalautojen päältä jotakin syötäväksi kelpaavaa. Kaikki muut muinaiset välimuotoluokat oli Suuri Harventaja pyyhkäissyt mennessään. Tosin pandemian jäljiltä poliisitkin jakaantuivat väliaikaisesti kahteen luokkaan, sairaisiin ja terveisiin. Terveiden osana oli pitää yhteiskunta niin toimivana kuin se niissä oloissa oli mahdollista. Tilanne antoi ahneista terveimmille mainion tilaisuuden kääntää vallankahvaa itselleen sopivaan suuntaan.

Kauneushoitolan omistaja Kaira Ersti käänsi parhaillaan PriceCityn poliisiasemalla vallan toisenlaista kahvaa. Se oli jäykkä ja sojotti etsivä Reijon Tinarsin avoimesta sepaluksesta. Etsivä kohosi yhtiökumppaninsa käsittelyssä nopeasti huipulle, kutistui takaisin poliisin arkeen ja kenenkään pyytämättä jakoi ihmiset poliiseihin, rikollisiin ja rehellisiin rikollisiin. Kaira pyyhki kätensä Reijon valkoiseen kravattiin. Siitä oli tullut toimeliaan etsivän tunnusmerkki, johon uudet tahrat katosivat nopeasti.

Dyrlandian poliisilaitoksen ainoa huumekoira seisoi etsivä Reijo Tinarsin työhuoneen nurkassa. Useasti poliisilaitoksen parhaana työntekijänä palkittu Douppidog kuoli työtehtävissään Tinarsin ampumaan harhalaukaukseen. Kiitoksena uskollisesta palveluksesta Douppidog oli täytetty ja laitettu näytille poliisilaitoksen aulaan. Siellä se oli seissyt kymmenen vuotta kieli roikkuen ja silmät rapsutuksia anellen.

Tinars oli pelastanut entisen työparinsa rakennuksen saneerauksen alta ja vienyt sen ensi töikseen eräälle eläintentäyttäjälle, joka oli Tinarsille muutamia palveluksia velkaa. Taitavissa käsissä Douppidogin lupsakan sympaattinen turpavärkki vääntyi uhkaavaan irvistykseen ja sen sisälle rakennettiin reilun kokoinen onkalo. Vatsapuolelle naamioitiin rinnasta palleihin asti ulottuva vetoketju, jonka kautta Tinars sai ahdettua pesua odottavia seteleitä Douppidogin sisään. Tinars kauhoi Douppidogin vatsasta kasan likaista rahaa Kairan ostoskassiin ja ymmärsi Kairan kiireen päästä lähtemään laitokselta takaisin kauneushoitolaan.

Suoraan etsivä Tinarsin huoneen yläpuolella toimistoaan pitävä PriceCityn poliisipäällikkö Lilja Grad valittiin poliisipäälliköksi Suuren Harventajan jälkimainingeissa. Lilja oli MetalLiha-yhtiön tuote. Alaistensa mielestä nainen oli osittain kone, mutta MetalLiha-yhtiön mielestä kone oli osittain nainen. Ensimmäisenä työpäivänä Liljan koneistoon iski tietokonevirus, ja seuraavana päivänä Suuren Harventajan viimeinen aalto liittyi joukkoon pyyhkäisemällä naisen orgaanista osastoa. Tästä selvittiin sirujen vaihdoilla ja vuodelevolla.

Päällikön ollessa MetalLihan sairaalassa PriceCityn poliisilaitoksen lahjottavissa olevat poliisit ehtivät hävittää jemmoistaan loputkin valonarat todisteet. Lilja Grad oli osoittautunut virassaan niin väsymättömäksi, että tuotteen kaltainen ihminen (tai toisin päin) valittiin molempien puolueiden suostumuksella eliniäkseen virkaansa. Molempien puolueiden kesken sovittiin myös irtisanomispykälä, jonka perusteella Lilja Grad voidaan irtisanoa heti, kun onnistutaan valmistamaan parempi poliisipäällikkö. Viime kuussa Ari Demt oli tullut yllättäen poliisilaitokselle ja halunnut purkaa Liljan päässä olevat tiedot omaan tiedostoonsa. Lilja oli suostunut sillä ehdolla, että hän saisi ensin avata Arin kallon ja valita sieltä jotakin maukasta välipalaa kissalleen.

Puhelu tuli suoraan Lilja Gradin päähän. Urpo puhui kotoaan ja kertoi kahdesta hyökkäyksestä. Sahatusta jalkaterästäkin Urpo mainitsi Liljalle, mutta hän painotti asian olevan liian arkaluontoinen julkaistavaksi missään tiedostoissa. Lilja lupasi salata sahattuun jalkaterään liittyvän tiedon ja pitää sen omassa päässään. Toinen puhelu tuli heti edellisen perään partioimassa olleesta poliisiautosta. Lilja saneli sen poliisitiedostoon raportiksi.

Partioauton raportissa mainittiin autiometsään hiiltyneistä kesämökistä ja autosta. Liljan päässä hetken aikaa vilistäneet koordinaatit lukitsivat tulipalon ja Ari Demtin samalle tontille. Etsivä Tinars saisi alkaa tutkia tapausta.

Poliisilaitoksen rutiineihin kuului toimeksiantojen pallottelu rikostutkijoiden kesken. Sen aikana vedottiin kiireeseen ja kohtuuttoman pieneen palkkaan. Reijo Tinars olikin poliisipäällikön arvoasteikolla omassa luokassaan, niin ripeydessään kuin alkoholinkäytössään. Tinars rouskutteli särkylääkkeitä toimistossaan ja hieroi rikoksista epäiltyjen kuulusteluissa kipeytyneitä rystysiään. Poliisin päättäväisyydellä Tinars uskoi päällikkönsä himoitsevan PriceCityn parasta etsivää, mutta louhikkoisen naaman punoittavat kraatterit ja silmäluomien välissä seisovien kuolleiden lampien sitkeys eivät kiinnostaneet poliisipäällikköä. Lilja kiihottui ainoastaan päässään olevan tiedon määrästä.

Reijo luki hitaasti Liljan toimeksiantoa. Se sai etsivän oikean yläluomen nytkähtelemään omia aikojaan, aivan kuin se olisi epätietoinen tehtävästään muuten niin jylhässä olemuksessa. Tinars sai aina laitoksen kiperimmät jutut. Etsivän saama tehtävä poikkesi normaaleista rikostutkinnoista, olihan palaneen mökin savupiippuun kätketty kassillinen Kairan ja Tinarsin yhteistä omaisuutta.

MATKA SONNIN TILALLE

oli alkanut samaan aikaan, kun Kaira pyyhki kätensä Tinarsin valkoiseen kravattiin.

— Minä voin sitten ajaa osan matkasta, kun on molemmat jalatkin tallella, Urpo sanoi ja jatkoi: — Olen viime aikoina saanut leppäkeihäänheitosta uusia ideoita meidän koulutusjärjestelmämme uusimiseen. Mitä mieltä sinä nuorten esikuvana olisit, jos Dyrlandiassa lopetettaisiin huippu-urheilun tukeminen ja kaikki säästyneet varat suunnattaisiin sotilasnuorikoulutukseen?

— Tä, eikö musiikkiin heltiä mitään?

— Torvia ja rumpuja, eikö se riitä sotilasorkesterille? Kaikki liikenevät taloudelliset resurssit pitäisi satsata Dyrlandian hyökkäysvoimien vahvistamiseen tähtäävään sotilasnuorikoulutukseen, jossa ensimmäiset kolme vuotta opetellaan marssimaan ja neljännen vuoden alussa aloitetaan perinteinen koulunkäynti. On muistettava heti alkuun erotella upseeriaines, sitä on koulutettava omaan tahtiinsa. Rivisotilaita ei kannata liikaa sivistää, heille on järjestettävä toimintaa. Upseeriainesta täytyy kouluttaa enemmän; heitä saatetaan tarvita myös erilaisissa siviilipuolen tehtävissä.

— Tuota noin, käykö jos vaihdetaan kuskia, voisin viimeistellä puolueen tunnusbiisiä? Karvakas keskeytti.

Karvakas istuutui Mercedeksen takapenkille ja kaivoi taskustaan eilisestä kokouksesta pihistämänsä kynän ja kansiosta repäistyn sivun. Urpo tappoi räppärin luovuuden seuraavalla julistuksellaan:

— Yhtenäiset puvut heti päiväkodista alkaen, pakollinen päivittäinen liikunta koulussa – silloin ei tarvita urheiluseuroja –, terveelliset ruokailutottumukset, kurikampanja, kerhotoiminta… ja isänmaallisuudesta ei tarvitse kauheasti meuhkata, se tulee toiminnan kautta omalla painollaan mukaan.

— Miten meinasit tuon toteuttaa?

— Koulun ensimmäisellä luokalla yhtenäiset sotilasnuorikamppeet kaikille ja pari tuntia liikunnallista meininkiä plus marssiharjoitukset. Joka päivä. Kansan kunto kohenee ja kaiken maailman sairauksien kustannukset romahtavat. Vanhemmat saavat itselleen laatuaikaa, kun ei tarvitse kuskata, leikkiä muka valmentajaa tai vittuilla oikealle valmentajalle kentän laidalla, kun meidän pikku Tauno syö joka viikonloppu joka turnauksen joka pelissä mahansa täyteen makkaraa vaihtopenkillä. Tai suunnitella oikeusjutun nostamista Taunon edustamaa seuraa vastaan jo nyt, koska meidän Tauno tulee kuitenkin sairastumaan aikuisiällä johonkin sydämen säätimen häiriöön, koska söi makkaraa ja istui penkillä joka vitun pelissä. Vanhemmathan voivat paneskella lisääntyneellä laatuajallaan uusia sotilasnuoria muhimaan. Silloin ei tarvita enää rahaa nielevää huippu-urheiluakaan. Jos joku on niin hullu, että sotilaskoulun liikuntamäärät eivät riitä, myydään se huippu-urheilijana johonkin toiseen valtioon. Nykyäänhän kansalaisuuden vaihto hoituu tiedostossa muutamalla pyyhkäisyllä. Sinä voisit oikeastaan olla keulakuvana Sonnin kanssa tässäkin kampanjassa ja riimitellä siihen hyvän tunnuslaulun.

— Miten käy Dyrlandian imagon maailmalla? Tulevatko turistit tänne ihmettelemään keskitysleirien tienviittoja?

— Oliko tuo sinun tunnuslaulusi aloitus?

— Ei tietenkään, tuli vain mieleen…

— Millaista kuvaa me tarvitsemme itsestämme maailmalta? Sotilasnuorikampanjallahan rakennetaan terveempiä nuoria, kestäviä aikuisia ja jaksavia vanhuksia.

— Kuulostaa vähän erilaiselta kampanjalta kuin mistä oli puhetta siinä palaverissa, josta sinä jouduit lähtemään kesken pois.

Karvakas kertoi Urpolle Ikiliikkuja-palaverissa tehdyistä suunnitelmista ja Arin poistumisesta kansio kainalossaan kokouksesta. Urpo kehui Karvakkaan toimintaa puolueen linjan mukaiseksi, kunnes nosti yllättäen kaasujalkaansa.

— Tuon korkean kuusiaidan takana on suljettu kylä. Siellä on vain koneihmisiä. Siitä on tainnut kasvaa valtio valtion sisälle. Se on MetalLihan tutkimusaluetta. Sinne on istutettu asumaan ja työskentelemään erilaisia prototyyppejä. MetalLihan insinöörit ja lääkärit kehittelevät tahallaan erilaisia konflikteja asukkaiden välille. Tuloksia käytetään tuotteiden kehittämiseen. Tuloksia voi myös nähdä kylän hautausmaalla ja kierrätyskeskuksessa. Minulle tämä alkaa riittää. Laitan Ari Demtin ruotuun ja koulutan Sonnin puhemiehen saappaisiin, Urpo lopetti.

Karvakas raotti takaikkunaa ja liu'utti paperinpalasen pihalle. Tuuli keinutteli paperin suljetun kylän kuusiaitaan. Vajaakäyntinen prototyyppi kiinnostuu huomenna kuusiaitaan takertuneesta paperilapusta ja kävelee kylän rajojen ulkopuolelle. MetalLihan insinööri ampuu maaliin hakeutuvan pienoisohjuksen oman terassinsa kahvipöydästä. Se räjähtää karkulaisen sclässä. Räjähdyksessä kärventyneillä Karvakkaan riimeillä ei ole mitään tekemistä suljetun kylän kanssa. Karvakas riimitteli paperilapulle sen ainutlaatuisen kerran, kun sai ensimmäisen kerran pillua. Mutta kaikki tämä tulee tapahtumaan vasta huomenna, jos illalla alkava myrsky ei sieppaa kuusen oksissa värisevää paperilappua.

SAMAAN AIKAAN AA-KERHON TAPAAMISESSA

joku selitti, kuinka oli taas repsahtanut märälle kaistalle ja miten juomiseen tuli muutaman päivän kuluttua jonkinlaista varmuutta sekä selkeyttä. Hintelän vieressä istuva vanhahko herrasmies tiesi noihin repsahdusta seuraaviin päiviin kasautuvan janon määrän murskaavan kaiken alleen. Tinars oli antanut Hintelälle tehtäväksi mennä AA-kerhoon vakoilemaan herrasmiestä. Hän ei ollut kertonut Hintelälle herrasmiehen olevan yksi poliisilaitoksen etsivistä, joista Tinars urkki tietoja myös Hintelän avulla.

— Sääliksi käy paria ensimmäistä päivää, ne hukkuvat mahdottoman tehtävän edessä, herrasmies tiivisti kiihkeäksi käyneen keskustelun.

Hintelä säpsähti kuullessaan tiedostonsa piippauksen. Nyt varjostajalla oli hyvä tekosyy poistua huoneesta.

Eteisessä Hintelä luki Tinarsin lähettämän viestin ja poistui saman tien kadulle. Hän käveli ripein askelin kohti tsaarin (Hintelän ja Tinarsin yhteinen koodinimi Ari Demtille) taloa. Matkaa tsaarin talolle tulisi noin viisi kilometriä, ja ammattinsa takia Hintelä päätti olla käyttämättä taksia. Ilta alkoi pimentyä viimeisen kilometrin taittuessa. Silloin Hintelä veti harrastajateatterin vartioimattomasta narikasta varastamansa mustan takin hupun päähänsä ja muutti kävelytyyliään.

Ovikellon painaminen sai musiikin soimaan Arin talossa. Hintelä ihmetteli ulos asti kuuluvaa muinaista kappaletta. Ari hyräili Tiritombaa ja aukaisi oven. Hintelä astui tervehtimättä sisälle ja ampui Aria päähän. Arin takaraivon veriset sirpaleet iskeytyivät seinällä roikkuvaan Kairan valokuvaan. Hintelä katsoi vuoroin asettaan ja lattialla makaavaa Aria. Oliko Arilla pehmeä pää vai tuliko ladattua lippaaseen kovempia paukkuja?

Arin talon syrjäinen sijainti puolueen kohtuuttoman isolla kaupunkitontilla oli syönyt Hintelän laukauksen äänen. Hintelä ontui huppu päässään kaksi kilometriä samaa reittiä takaisin. Kolmannen kilometrin alkaessa hän sulloi ylimääräisen takkinsa jalkakäytävälle hylätyn astianpesukoneen sisään.

Etsivä Tinars aukaisi autonsa tiedoston. — Missä olet?

— Kohta AA-kerholla.

— Hyvä. Tulen hakemaan sinut.

Hintelä värjötteli ohuessa takissaan, kun Tinars kaarsi kilvettömällä autollaan pihaan. Hintelä hyppäsi luodinkestävän siviiliauton etupenkille.

— Miten meni? Tapasitko tsaarin ja saitko häneltä papereita?

— Tapasin. Papereita se ei ehtinyt antaa.

— Miten niin ei ehtinyt? Sinun piti saada Arilta paperinen kansio Ikiliikkujasta. Ari pyysi minut siihen projektiin mukaan, lakiasioista vastaavaksi. Siellä on joku puolueeseen nostettu muusikko munannut aloituskokouksessa oikein urakalla.

— Ari on kuollut. Ammuin sitä päähän. Katso nyt, Hintelä sanoi ja näytti tiedostostaan etsivän lähettämää viestiä: *Tapa tsaari. Se on kotonaan.*

Tinars ei ehtinyt toiseen lauseeseen katuvalotolpan paukahtaessa auton konepellille. Luodinkestävä auto koukkasi muutaman naarmun kera takaisin tielle.

— Tapaa tsaari. Se on kotonaan. Yksi a on tippunut pois. Meidän virkatiedostossa on ennakoiva tekstinsyöttö, se on kehitetty nopeuttamaan poliisin toimintaa. Voi saatanan saatana, en huomannut ottaa sitä pois päältä.

— Hommaa minutkin siihen projektiin mukaan, mikä se olikaan, Likiliikkuja...

— Vittu Hintelä, nyt turpa kiinni. Minä mietin.

Kiukusta kiehuva etsivä sai Hintelän muuttamaan asentoaan aseenkäytölle suotuisammaksi, mikä ei jäänyt Tinarsilta huomaamatta. — Kuulepas Hintelä. Ajatellaan asiaa positiivisessa kontekstissa.

— Koko ajan.

— Se kansio on edelleen siellä talossa ja sinne ei parane enää mennä. Ei kai siellä ollut Arin vaimo paikalla?

— Oli se siinä seinällä, valokuvassa.

— Viimeistään huomenna Aria aletaan kaipaamaan. Minun täytyy saada tämä tapaus tutkintaan, siten pääsen Ikiliikkuja-kansioon käsiksi.

— Hommaa minutkin siihen projektiin sisään.

— Sinä olet jo aika syvällä siinä. Tästä eteenpäin kaikki toimeksiannot varmistetaan kahteen kertaan ennen täytäntöönpanoa.

— Selvä, ja hommaa jostakin lisää a-kirjaimia siihen tiedostoosi.

Tinars ei kyennyt koskaan järjestämään itseään tapauksen tutkintaan, sillä hänellä oli valkoinen kravatti kaulassaan ja Ikiliikkuja-kansio oli jo matkalla yksityisen pelastuslaitoksen ambulanssissa MetalLihan tehtaalle. Tunnin kuluttua MetalLihan omistaja Lilja Grad pääsee hyräilemään Karvakkaan kirjoittamia riimejä.

SONNIN TILALLA

Urpo kaartoi Mersullaan pihaan. Sonni seisoi vanhan ladon luona ja tähtäili keihäällään ladon katolla olevaa sapluunaa. Kun keihään heitti tietyn matkan päästä tietyllä korkeudella olevan, muoviämpäristä tehdyn sapluunan läpi, leppäkeppi katosi pisteenä taivaalle. Se on niin yksinkertaista, näin oli Sonnin isä valmentanut poikaansa. Sonni jätti harjoitusheittonsa heittämättä ja meni vastaanottamaan vieraitaan.

Urpo ja Sonni seisoivat vierekkäin heinittyneellä pellolla ja katsoivat leppäkeihäänheitosta kiinnostuneen Karvakkaan heittoyrityksiä. Omalla maaperällään Sonni koki velvollisuudekseen osallistua tulevaan keskusteluun, jonka tiesi alkavan heti kun Urpo lakkaisi ihmettelemästä mansikkamaan haalistuneita linnunpelättimiä.

— Jos olet keihäänheittäjänä tottunut tarkkoihin suoritusvirheiden analysointeihin, niin poliitikon hommassa virheitä ei läpivalaista. Niitä varten on olemassa Meidän Puolueen selitysosasto. Kaikki tiedostot lannoitetaan moneen kertaan niin vahvalla sanomalla, että…

— Isä lannoitti paskalla pellot, Sonni keskeytti.

— Ymmärsit heti, mitä tarkoitin. Ja pysy itsenäsi, Sonni Verimäe, pysy leppäkeihäsmiehenä. Puhu palturia silloin, kun se tukee sanomaasi, ja valitse kuulijakuntasi tarkasti. Ja pysyttele tietoisesti erossa muista puoluetovereistasi. Siinä yksisilmäisten hurmoksessa sumenee tyhmyyteen parissa vuodessa, Urpo lopetti ja pyyhki kuolaa suupielestään.

Sonnista kuola näytti kellertävältä, mutta hän ei ehtinyt miettiä kovin pitkään, olisiko se riittävän tahmaista leppäkeihäänheittäjän sormiin pitävää otetta tavoiteltaessa, sillä Urpo jatkoi: — Politiikan tekijän täytyy olla yhtä järkkymätön kuin risteilyaluksen kapteenin, joka jättää aluksen automaattiohjaukselle vaikka tietää edessä olevan karikon, ja menee tekemään korjausliikkeitä laivan baariin. Onko sinulla muuten tyttöystävää? Semmoinen on hommattava, vaikka rahalla. Sinusta täytyy myös laittaa elämäkerta julkisiin tiedostoihin. Olen nimittäin päättänyt tehdä sinusta Meidän Puolueen puhemiehen, sillä minä vaihdan lajia.

— Kokeile leppäkeihäänheittoa.

— Ehei, vaihdan golfiin. Poliitikon uraa voi verrata puun kasvamiseen. Alkuvuosina sitä on taipuisa vitsa ja kumartelee nöyrästi joka suuntaan, sitten täysikasvuisena saa katsella maailman menoa omista korkeuksistaan ja tietää kaikesta kaiken, mutta vanhemmiten sitä alkaa lahota sisältä päin. Minä olen siinä vaiheessa, jossa ainoa asia, joka oikeasti kiinnostaa, on oma pystyssä pysyminen. Nykyään politiikan tekeminen on nopeatempoista, on lyötävä hymyssä suin samppanjapullo puolivalmiin paatin kylkeen, ja samalla on kyettävä vakuuttamaan laiturilla hurraavalle kansalle tekeleen olevan uppoamaton.

Karvakas oli saanut heittonsa lentämään ladon katolle.

— Missä on lisää keihäitä?

Sonni heitti puukkonsa Karvakkaan jalkoihin ja osoitti pellon laidalla olevaa lepikkoa.

— Karvakkaasta saat hyvän luottomiehen, Urpo sanoi ja sytytti tupakan. — Vaalitentissä, ja missä tahansa tentissä, älä vastaa suoraan mihinkään kysymykseen. Kiertele ja kaartele kuin petolintu taivaalla, miten se muinainen sananlasku menikään. Kiertele kuin kotka kuumaa puuroa. Puolueen järjestämissä vaalitilaisuuksissa on aina teltat täynnä kahvia ja pullaa. Miten osaakin vituttaa, kuinka äänestäjät käyttävät meitä hyväkseen! Anteeksi, eksyin hieman aiheesta.

— Anteeksi on kielletty sana, Sonni keskeytti.

— Hyvä havainto. Muista siis vaalitilaisuuden alkaessa mennä sen valtavan teltan ison pullavadin viereen. Laitat ensimmäisenä pari varapullaa taskuusi, vähän samalla lailla kuin muinaisessa ampumahiihdossa käytettiin varapatruunoita. Varapullat ovat sitä varten, jos tulee niin paljon nälkäistä porukkaa, että kahvi ja pullat loppuvat kesken. Aika pian kansalaiset alkavat purkaa turhautumistaan sinuun ja ansoittavat sinulle kiperiä kysymyksiä. Silloin kaivat miettivän näköisenä pullan taskustasi... ikään kuin pohtisit päässäsi juuri esitettyyn kysymykseen oikeaa vastausta... haukkaat pullasta aimo palan ja mumiset vastauksen, sitten annat toisen varapullan kysyjälle ja kiirettäsi valittaen haihdut teltasta. Näin suoritetaan pullantuoksuinen jalkautuminen kansan pariin.

Urpo jatkoi: — Julkisissa tiedostoissa ja mesossa taas puree parhaiten suora hyökkäys, jota tuet jatkuvalla jankuttamisella. Tuo kaikki on hyvä muistaa, vaikka sillä ei ole mitään tekemistä todellisuuden kanssa. Me nimittäin järjestämme itsemme valtaan joka kerta, kun on Meidän Puolueen vuoro hallita. Nyt täytyy lopettaa tältä päivältä. Katos poikaa, Karvakas sai ensimmäisen heittonsa ämpärin läpi. Minä hoidan vielä muutaman työasian. Sen jälkeen mennään saunaan, kai sinulla on sauna täällä?

Sonni lähti hakemaan Karvakkaan heittämää leppäkeihästä ladon takaa. Urpo otti tiedostollaan salatun yhteyden etsivä Tinarsiin. Lopetettuaan keskustelun Tinarsin kanssa Urpo lähetti toimintaohjeet yksityisen pelastuslaitoksen ambulanssimiehistölle.

KERSTININ JA HINTELÄN KÄMPILLÄ

Etsivä Tinars laittoi pistoolin piipun tuoliin teipatun Hintelän suuhun. Kerstin makasi selällään huoneen nurkassa tyhjien viinipullojen pyöriessä hänen ympärillään.

Keskellä Kerstinin otsaa oli kaksi luodinreikää miltei kiinni toisissaan. Tinars käänsi pistoolin piipun Hintelän poskeen ja laukaisi. Luoti oli jo uponnut lattialistan läpi seinään, kun Hintelän hampaan sirpaleet, posken riekaleet ja hylsy olivat vielä laskeutumassa lattialle. Etsivä otti tiedostollaan lähikuvan tiedottoman Hintelän naamasta ja lähetti sen salattuna Urpolle. Pian Tinarsin tiedostoon kilahti Urpon puhetta: — Hävitä ruumis ja siivoa jäljet tarpeeksi vahvoilla pesuaineilla. Niitä löytyy minun autotallistani. Oli muuten Sonnin saunassa hyvät löylyt.

Hintelän poskessa ammotti mustunut reikä, josta tursui verisiä hampaiden siruja. Tinars puristi voimakkaasti Hintelän siteessä olevaa kämmentä, kunnes tämä aukaisi silmänsä. — Tästä eteenpäin olet omillasi. Järjestän sinulle siirron Onnelandiin. Sinun henkiinjäämisesi on sitten meidän välinen juttu.

Douppidog irvisti Arin talon eteisessä Kairan kaapiessa rahaa sen vatsasta. Miestään sureva Kaira oli vaihtanut Arin ruumiin ambulanssimiehistön tarjoamaan Douppidogiin ja verijälkien perinpohjaiseen poistamiseen valokuvastaan. Yksityisen pelastuslaitoksen ambulanssin määränpää oli PriceCityn energiantuotantolaitos. Laitosta oli viimeksi käytetty ruumiiden polttamiseen Suuren Harventajan jälkeen.

Miehistö oli kerännyt ambulanssiin kaikki tässä esityksessä tapetut henkilöt poistettuaan ensin ehjät elimet MetalLiha-yhtiön tarpeisiin. Tinars kuitenkin poikkesi käsikirjoituksesta ja päästi Hintelän pakenemaan rivien väleissä aina Onnelandiin asti. Siellä ammattimiehelle oli luvassa jo uusi työpaikka. Tietyömaata osoittavat liikennemerkit täytyi piirtää uudestaan. Lapiohenkilön täytyi tietysti hymyillä, koska lapiota oli päätetty suurentaa.

METALLIHAN TEHTAALLE

pääsee ainoastaan sillan kautta. Simon MacHines, MetalLiha-yhtiön testiperheen isäksi nimetty täyskoneisto, on menossa yövuoroonsa yhtiön valvomoon. MacHines kävelee pimeällä sillalla. Se vie vuolaana virtaavan, syvän joen yli suoraan MetalLihan tehtaalle. MacHinesin pimeänäkö havaitsee kookkaan hahmon seisovan sillan kaiteella. Täyskoneisto mittaa katseellaan putouksen lukemaksi viisitoista metriä. Kaiteella seisova hahmo paiskaa tyhjän pullon sillan kanteen, irrottaa toisen kätensä paksusta vaijerista ja astuu tyhjyyteen. Viimeisenä MacHinesin näköpiiristä katoaa valkoisen kravatin kärki. Tehtaan täyskoneistojen seuranta rekisteröi mitättömän pienen piikin MacHinesin otsalohkon virtapiireissä.

Lilja Grad katsoo valkoisen kravatin lähettämää vedenalaista kuvaa työhuoneessaan ja lähettää päästään viestin Urpo Porun tiedostoon: — Sinä jatkat muutaman vuoden toimitusjohtajana. Koulutat siitä räppäristä seuraavan toimitusjohtajan MetalLihalle.

Sonnin tilalla Urpo lopettaa keihään vuolemisen, aukaisee tiedostonsa ja hymyilee omia keihäitään vuoleville nuorukaisille.

— Pojat, nyt alkaa keppi lentämään.

Lilja Gradin näytöllä kaikki alkaa mennä vähän aikaa päin helvettiä, sillä valkoista kravattia näykkii parhaillaan terävähampainen kala, jonka arveltiin jo kuolleen sukupuuttoon. Samaan aikaan Dyrlandian Muinaiset Tiedostot -viraston sallima sivumäärä on tullut täyteen.

SOTA EI LÄHDE KÄYNTIIN

MARSSI RINTAMALLE

Paraatikentän reunamille sijoitettujen suurten kovaäänisten sotaisa aloitus sai sotilaat säikähtämään kuin silliparvi saalistajaansa. Suihkuhävittäjien-, konekiväärien- ja räjähdystentäyteisen konsertin järjestänyt kapteeni Käyrä seisoi komppaniansa seassa pioneerien kyhäämällä lautakorokkeella. Omaa uskoaan täynnä oleva Käyrä ihaili maihinnousukenkiään. Matalan korokkeen vieressä seisovaa kersantti Rainforsia ei kiinnostanut kapteenin maihinnousukenkien ällistyttävä kiilto. Kersantti hahmotti kapteenin oikean maihinnousukengän varren ja pohjan äärilaidan alkavaa repeämää. Kuvasiko pohjan ja varren liitos Valtion Sotatoimilaitoksessa käynnissä olevaa kahtiajakautumista? Kapteeni Käyrä vastasi Rainforsin kysymykseen nostamalla oikean kätensä ilmaan; se oli yhtä pahaenteisessä kulmassa kuin sillä entisellä taidemaalarilla, jonka nimeä kersantti ei muistanut. Paraatikenttä hiljeni, ja sotilaat rentoutuivat juttelemaan keskenään. Käyrä hymyili rohkaisevasti Rainforsin vieressä seisovalle nuorelle sotilaalle. Kolmen sodan kyynistämä kersantti Rainfors hymyili ainoastaan hämätäkseen vihollisiaan. Viime sodasta alkaen kersantti hymyili myös kapteeni Käyrälle.

Koroke narahti Käyrän alla: — Komppanian tehtävä on vallata kukkula satakuusi. Aloitamme marssin rintamalle välittömästi. Saavumme sinne huomenna, kello kolmen aikaan iltapäivällä. Joukkueenjohtajat vastaavat etulinjassa juoksuhautojen kaivamisesta ja korsujen rakentamisesta. Niiden sijainnissa ei sallita minkäänlaisia poikkeamia. Meillä on edessämme pitkä taistelu, jonka voitamme perinteisillä menetelmillä. Kaivaudumme maahan ja teemme suoria hyökkäyksiä ja jyrkkiä koukkauksia. Tykistö, miehistönkuljetusvaunut, kranaatinheittimet, konekiväärit ja huoltoryhmä tulevat aikanaan perässä – sitten, kun niitä tarvitaan. Siihen asti muonitus hoidetaan henkilökohtaisilla muonapakkauksilla. Valmistautukaa siirtymään rintamalle! Joukkueenjohtajat Movikov, Zhau ja Johnfather. Toimikaa!

Joukkueenjohtajat juoksuttivat täydessä taisteluvalmiudessa olevat sotilaat marssijärjestykseen. Lyhyenläntä, pyöreäkasvoinen kapteeni Käyrä oli omasta mielestään luotu ylenemään majuriksi, ja uusi sota antoi oikeanlaista patinaa sotilasuralle. Monissa konflikteissa suurimman osan komppanioistaan hukannut Käyrä oli selvillä tulevista kalustotappioistakin. Ne laskettiin Valtion Sotatoimilaitoksen kalustojaoksessa kymmenen prosentin virhemarginaalilla komppanian sotabudjettiin. Kapteeni Käyrä halusi pienentää komppanian kalustotappioita ja nopeuttaa omaa ylenemistään määräämällä komppanian ainoaksi moottoroiduksi kulkuvälineeksi panssaroidun maastoautonsa.

Havupuiden muodostama elävä seinä suojasi soratietä marssivia sotilaita paahteelta. Puiden välistä pilkahtelevat auringonsäteet osuivat valojuovina tahdissa marssiviin sotilaisiin. Komppania koostui monissa taisteluissa paatuneista sotilaista ja kokeneista nuorisorikollisista, jotka olivat valinneet tuomionsa mittaisen sotilasuran vankilaan menemisen sijaan. Valtion Sotatoimilaitoksen tarjoama taistelukoulutus ja säännölliset tulot puskivat nuorukaisia eteenpäin. Marssijoiden hikisissä niskoissa ei näkynyt rusketusrajoja; tehtävään oli valmistauduttu ottamalla aurinkokylpyjä kasarmilla. Käyrän maastoauto kulki marssirivistön kärjessä. Sen sisältä kuului tykkien jylinää ja raskaiden konekiväärien tauotonta louskutusta.

Kasarmin peräkärryistä vastaava aliupseeri oli täyttänyt rauhan ajan ohjesäännön mukaisesti rintamalle menevän komppanian ammuslaatikot kevytoluella, raskaammalla alkoholilla ja savukkeilla. Täyteen lastattuja peräkärryjä vetäviä sotilaita jouduttiin vaihtamaan tiuhaan tahtiin. Vetovuorostaan vapautuneet sotilaat ottivat uusilta kärrynvetäjiltä vastaan näiden kantamat puupaalut ja tukikepit. Oikean mittaista ja -muotoista puutavaraa tarvittiin etulinjan suojavarustuksiin. Tiukan mutkan takaa yllättäen ilmestynyt mopopoika törmäsi kapteeni Käyrän maastoautoon. Käyrä takavarikoi pojan mopon, hyppäsi oravan nopeudella satulaan ja ajoi pistoolillaan ilmaan ampuen komppanian halki väistäen taitavasti peräkärryt ja tielle pudonneen puutavaran. Kapteeni kannusti tappokoneistoaan taistelussa tarvittavaan hurmioon, minkä aikana Käyrän maastoauton kaiuttimet nielaisivat puupaalut.

Komppania ehti järjestäytyä takaisin tielle, kun takaa lähestyvä miehistönkuljetusvaunu jakoi sotilaat uudestaan tien molemmille puolille. Kapteeni Käyrä seisoi tien vierellä olevan kannon päällä asennossa ja jäi massiivisen pölypilven sisään. Eversti Pinssi kohosi vaunun avonaiseen kattoluukkuun ja odotti pölypilven laskeutumista.

— Kainalo piiloon, Käyrä!

— Onko herra eversti menossa pelaamaan biljardia?

— Kertoivat esikunnassa sodan olevan tuloillaan. Lähdettiin heti katselemaan paikkoja. Tuli niin kiire lähtö, että unohtui tupakat toimistolle. Onneksi sain pummattua askin vastaan tulleelta mopoilijalta. Jatkakaa marssia, eversti sanoi ja laittoi ohjaamon kattoluukun kiinni.

Biljardivaunu puski mennessään Käyrän maastoauton ojaan. Eversti Pinssi istui miettel iään näköisenä vaununjohtajan paikalla:

— Bonaboury! Se oli kersantti Bonaboury!

Kersantti Bonaboury oli erotettu armeijan palveluksesta edellisen sodan tappioksi kääntäneen taistelun harjoitussimulaation aikana. Kapteeni Käyrä sai samassa harjoituksessa pienikaliiperisen lyijyluodin päähänsä. Sotatoimilaitoksen koulutusambulanssissa ensimmäisen vuoden lääketieteen opiskelija laittoi etusormensa Käyrän vasempaan sieraimeen ja antoi tajuttomalle kapteenille diagnoosin: — Kuumetta ei ole, mutta luoti on pysähtynyt vaaralliselle vyöhykkeelle. Sitä ei voi kaivaa ylös. Annetaan luodin olla rauhassa, niin se kotiutuu nopeammin. Ajakaa suoraan lähimpään sairaalaan. Minun täytyy desinfioida sormeni.

Opiskelijan diagnoosi valmisteli Käyrän vuosia kestävään lyijytiputukseen.

Harjoitus keskeytettiin illan lipunlaskuun asti, jossa Bonaboury ehdotti yhteistä housujen laskua. Julkisesti itseään esittelevään kersanttiin suhtauduttiin ensin ymmärtäväisesti, vaikka Valtion Sotatoimilaitoksen määräämiä lipunlaskuja ei sotaharjoitusten aikana saanut keskeyttää kuin maaliosasto. Lipunlaskun jälkeen Bonaboury ehti ryhmänjohtajien telttaan, josta sotilaspoliisit kävivät vääntämässä hänet rautoihin juuri, kun hän oli ampumassa vetopasuunansa öljyjä pihalle.

Molemmat Sotatoimilaitosta erilleen repivät, omien ideologioidensa sokaisemat ryhmittymät karsastivat kersantti Bonabourya, joka suostui palvelemaan ainoastaan isänmaataan. Tästä syystä esikunnan käytäväkeskusteluissakin epäiltiin Bonabourya Käyrän ampujaksi. Tapauksen jälkeen toisen joukkueen taisteluryhmän ryhmänjohtajan paikkaa ei täytetty, vaan koko taistelujoukkue muutettiin viihdytysjoukkueeksi. Toimivassa armeijassa osataan tehdä hallittuja organisaatiouudistuksia. Onhan viihdyttäminen huomattavasti halvempaa kuin hampaisiin asti varustellun, itseään tyydyttävän sotakoneiston ylläpitäminen.

Komppania lopetti marssimisen illan hämärtyessä. Käyrä pysäytti komppanian tiehen ilmestyneen laakean pommikuopan reunalle. Eversti Pinssin biljardivaunun jäljet kertoivat helposta ylityksestä, mutta Käyrän maastoautolle kuoppa oli liian syvä. Viereiseen metsään oli auennut hiiltynyt pälvi, jossa katkenneet puut nojasivat tuulessa toisiinsa ja narisivat kuin umpihumalaiset. Käyrä määräsi komppanian pystyttämään aukiolle yhden yön leirin. Kun komppanian taistelujoukkueet rakensivat puupaaluista suojavarustuksia pommikuoppien ympärille, luutnantti Johnfather komensi viihdytysjoukkueensa valitsemaansa matalaan pommikuoppaan ja improvisoi naamioverkon alla ohjelmanumeron, jossa pystytettiin alaston ihmispyramidi vaakatasoon.

Illan pimentyessä komppanian jokainen ryhmä majoittui omaan kuoppaansa ja käynnisti villit arvauksensa täällä käydyn taistelun syistä ja seurauksista. Huhumylly pyöri kuoppien välillä kiivaana puolen yön yli, mutta se ei häirinnyt viihdytysjoukkueesta määrättyä vartioryhmää nukahtamasta tien hävittäneeseen pommikuoppaan. Kapteeni Käyrä antoi luutnantti Movikovin tehtäväksi herättää komppania kukonlaulun aikaan. Joukkueen johtajien majoituskuopan yölliset luontoäänet pärskähtelivät nokisina aivastuksina lämpimien pierujen seassa. Niistä huolimatta Movikov ei herännyt, ja seuraava tarina eversti Pinssin biljardivaunusta antaa komppanialle mahdollisuuden nukkua pidempään:

Eversti Pinssin biljardivaunun miehistö koostui aktiivisista biljardin pelaajista, joilla oli aseistuksenaan henkilökohtaiset pistoolit. Miehistön käsiaseiden patruunoita säilytettiin vaunuun rakennetun biljardipöydän pussien täytteinä. Erikoisen järjestelyn syynä olivat biljardipöydän tiukat pussit ja everstin valtavat kourat. Eversti Pinssi ei välittänyt Valtion Sotatoimilaitoksen sukupuolijakaumavaatimuksista, sillä vaunuun kotiutunut homoeroottinen jännite oli poistanut öljyn ja moottorin katkun vihjailevilla kuvilla vuoratuista seinistä. Sotatoimilaitoksen sotaoikeudessa asti tiedettiin edellisessä sodassa tapahtunut oman sotilaan valitettava ampumistapaus. Tiedotusvälineissä sitä käsiteltiin kolapurkkiharjoituksena.

Onnettomuus oli saanut alkunsa, kun eversti oli päättänyt harjoituttaa vaunumiehistöään rintamalle marssi-

van omien joukkojen täydennyskomppanian edessä. Biljardivaunua kaikilla aseillaan tähtäävässä täydennyskomppaniassa tiedettiin, millä laidalla asiat makaavat everstin vaunussa. Eräs puun taakse suojautunut, uskonnollisen nukahduksen kokenut sotilas uskoi vaunun sisälle pakkautuneen jännitteen olevan purkautumassa samalla varmuudella kuin kolapurkit, joita vaunun miehistö lämmitti dieselmoottorin kupeessa. Räjähtävien kolapurkkien keskitykseen joutuneiden tulokkaiden joukosta ammuttu laukaus tappoi biljardikepeistä vastaavan upseerin vaunun kattoluukkuun.

Tapahtuma sotki välittömästi esikuntakomppanian päivärytmin. Käytäväkeskusteluissa oltiin enemmän kiinnostuneita toisten tekemisistä kuin omista ammatillisista jätöksistä. Kaikki vittuilemisen noidankehästä pois halunneet, armeijan kahtiajakoa toivoneet ja sitä pelänneet mutta sopivaa sukupuolta edustaneet upseerit kirjoittivat hakemuksen biljardikepeistä vastaavan upseerin toimeen. Eversti Pinssi hyväksyi seuraavan hakemuksen:

"Herra eversti, lähestyn teitä vapaamuotoisella hakemuksella. Niin kuin huomaatte, tätä ei ole kirjoitettu Sotatoimilaitoksen hakukaavakkeelle. Tärkein ominaisuuteni on pistoolini. Sen lippaaseen mahtuu viisitoista patruunaa. Niillä on varmasti käyttöä biljardipöydässä. Kuudestoista avuni on sokerin välttely ruokavaliossa, ja nautin varmasti Valtion Sotatoimilaitoksen suurimman rahoittajan tuotteiden tuhoamisesta teidän johtamissanne harjoituksissa. Vaimoni harkitsee karkaavansa jonkun eläintenkesyttäjän mukaan. Olen odottanut jo kolme pitkää vuotta sirkuksen saapumista. Tapasin vai-

moni erään tivolin peilitalossa. Sain siellä pahoinvointi-kohtauksen, ja peilitalon lipunmyyjänä ollut Siru, omaa sukua Mirror, vei minut maailmanpyörään toipumaan. Pyörän ollessa lakipisteessä oksensin Sirun kesämekolle ja pyörryin hänen syliinsä. Heräsin, kun Siru silitti siili-tukkaani oksennuksesta tahmaisilla käsillään ja hyräili hiljaa: — Kaunis on nuolla, kun joukkosi eessä urhona yrjööt...

Herra eversti, kosin häntä kesken laulun. Tämä osoittaa minun olevan nopea pussittaja ja kelvollinen kepittäjä. Hakemuksen lopuksi tiedoksi, että serkkuni on töissä biljardikeppitehtaalla. Saan häneltä ilmaiseksi pintaviallisia keppejä.

Luutnantti Ivo Movikov"

Luutnantti Movikovin mielestä esikunta oli hyvin suunniteltu suojatyöpaikka, jossa taistelunomainen kuoleminen oli tehty mahdottomaksi suoritukseksi. Aviosuhteen väljähtyessä luutnantista kehittyi kärsivällinen omien ajatuksiensa kuuntelija, eikä Movikovin työurastakaan jäänyt pahemmin suoritusjälkiä. Palkkaa ei jäänyt edes omaan käteen, johon Movikov joutui vetämään säännöllisesti vaimonsa haluttomuuden takia. Siru Movikovin il-tarutiineihin kuului näykkiä miehestään esikunnan viimeisimmät juorut ja kruunata onnistumisensa pitämällä nahkakalenterinsa luukut kiinni makuuhuoneessa.

Esikunnan kateelliset työtoverit onnistuivat kuitenkin sekoittamaan Movikovin siirron virtuaalisella harhautuksella, jonka johdosta luutnantti siirtyi joukkueenjohtajaksi kapteeni Käyrän komppaniaan. Movikov sopeutui esikunnan monimutkaisesta kieroilusta vaivattomasti uuteen tehtäväänsä. Joukkueenjohtajana toimiminen oli yksinkertaista ihmissuhdetoimintaa. Tapa ja tule tapetuksi. Joukkueenjohtaja Movikov oli löytänyt sisäisen taistelijansa, joka hyväksyi käteen vetämisen ja taistelussa kuolemisen sukurasitteinaan. Biljardivaunun keppivastaavan upseerin paikkaa ei ole vieläkään täytetty.

Kapteeni Käyrä heräsi ensimmäisenä ja armahti Movikovin kusemalla tämän suuhun. Herätyksen jälkeen Movikovin joukkue valittiin siirtämään majoituskuoppia ympäröivät puupaalut tien auki repineeseen kuoppaan. Aamupalan jälkeen Movikovin joukkue valittiin vetämään peräkärryt puupaaluilla täytetyn pommikuopan yli aina rintamalle asti. Komppania saapui hieman aikataulusta jäljessä siihen maaston kohtaan, johon kapteeni Käyrä halusi muodostaa etulinjan. Komppania oli taas pommien kyntämän aukean päässä. Sieltä oli suora näköyhteys paljaana kohoavaan kukkula 106:een, eikä aukealla ollut pystyssä yhtään katkennutta puunrunkoa. Maakaistale oli lannoitettu kaatuneilla sotilailla, joiden löyhkä imeytyi pysyvästi komppanian sotilaiden varusteisiin.

KÄSKYNJAKO

Joukkueenjohtajat, ryhmänjohtajat ja kapteeni Käyrä tupakoivat ahkerasti pyöreän pöydän peittävän, naudan vuodasta tehdyn kartan ympärillä ja nyökkäilivät tummille piirroksille. Luutnantti Johnfather näki naudan vuotaan piirretyssä kartassa täydellisiä vartalon muotoja, muutaman vulvan ja valtavan falloksen. Jos rykelmän päälle olisi kietaissut maastokankaan ja mennyt katsomaan luomustaan tarpeeksi kaukaa, se olisi näyttänyt sissiteltalta, jossa on toimiva kamiina. Lähettyvillä olevan telttasäkin päällä istuvat komentoteltan vartiohenkilöt odottivat kuitenkin kapteeni Käyrän käskyä pystyttää komentoteltta. Käyrä piirsi lääkehiilellä hammaslaitaisen kuvion kartan reunalle. Sen merkitystä paikalla olevat komentoteltan vartiohenkilöt eivät alempien sotilasarvojensa takia kyenneet ymmärtämään. Kapteeni taas ymmärsi olevansa sotalegenda jo eläessään ja tiesi tarinansa innoittavan kaikkia kotirintaman lapsia ponnistelemaan upseerin uralle. Ja mitä karttaan tulee, se on tulevaisuudessa esillä Valtion Kansallismuseossa: maan esihistoriasta kertovan näyttelyn ainoana nautana, jota ei osattu ottaa huomioon Sotatoimilaitoksen kalustotappioissa.

Kapteeni Käyrä oli karttapöydän äärellä elementissään, ja naudan vuota kuvasi melko hyvin päähän ammutun lyijyluodin aikaansaamia muutoksia. Älykkyysosamäärän putoaminen ja taipumus aggressiiviseen rikollisuuteen saattaisivat olla ihailtavia ominaisuuksia rivisotilaalla, mutta kunniamerkein haarniskoidulla kapteenilla moisia ominaisuuksia ei haluttu tunnistaa.

Tupakan tuhkaa varisi tasaiseen tahtiin kartalle. Sotatoimilaitoksen järjestämissä sodissa tuhkakuppeja käytettiin ainoastaan esikunnassa, jossa korkeampiin arvoihin kohonneet upseerit joutuivat tupakoimaan suunnitelmiensa seassa pitkiä päiviä. Kapteeni Käyrän tilannekartalle muodostettiin tupakantuhkasta rintamalinjoja, nuolia ja erilaisia kaaria osoittamaan, kuinka erinomaisesti tupakantuhkalla voidaan kuvata taistelun kehitystä ja käyttää sitä samalla ekologisen johtamisen välineenä.

Kaikki kartan ylle kumartuneet sotilaat olivat pysytelleet hiljaa, koska sotilasarvoltaan korkein upseeri ei ollut sanonut sanaakaan. Joukkueenjohtaja Johnfather huohotti. Korpraali Kywsky ei normaalisti tupakoinut mutta ymmärsi olla erottumatta joukosta. Joukkueenjohtaja Movikov halusi hyökätä. Kersantti Rainforsin alaselkää jomotti. Joukkueenjohtaja Zhaulla oli eläinallergia. Aivastus levitti tupakantuhkat pitkin karttapöytää.

— Kaasuhyökkäys – hyvä oivallus, luutnantti Zhau! kapteeni Käyrä huusi.

Korpraali Tarwonan suusta tippui musta hammas karttapöydälle. Luutnantti Johnfather vinkaisi, kun kapteeni Käyrä tumppasi tupakkansa keskelle mustaa vulvaa ja oikaisi itsensä pystyyn. Se sai sotilaiden selät oikenemaan taitouintijoukkueen täsmällisyydellä, vain korpraali Tarwona jäi ihmettelemään hammastaan. Kapteenilla oli tapana ruoskia alaisiaan älykkyydellään, ja niinpä korpraali sai kipakan potkun takamuksiinsa:

— Loput pysyvät näköjään suussa. Kun niitä tippuu lisää, tuo ne karttapöydälle. Hampaasi kuvaavat hyvin vihollisen tankkeja, tuokin on saanut useita osumia ja palanut pahasti. Korpraalin suussa ei taida olla kuin vihollisen tankkeja.

Käyrä nauroi pätkivää konekiväärinauruaan. Kaikki sotilaat nauroivat, olihan sotilasarvoltaan korkein upseeri kertonut vitsin. *Mitä luonnollisempi nauru, sitä nopeampi ylennys.* Teksti oli tatuoitu luutnantti Johnfatherin vasemman reiden sisäsivuun. Se oli saanut monen poikaystäväkokelaan vetäytymään takaisin housuihinsa.

Kapteeni Käyrä tunnusteli alahuulensa puolikuun muotoista arpea:

— Tiedusteluun lähtee kaksi miestä. Onko vapaaehtoisia?

Hiljaisuutta kesti kolmen tyhjän nielaisun ja teltan päällä istuvan vartiomiehen sylkäisyn verran.

— Ehdottakaa nyt jotain, vaikka toisianne.

Kaikkien paikalla olleiden oikeat kädet nousivat ilmaan. Käyrä valitsi korpraali Tarwonan käden historiaan hukkuneen taidemaalarin suosiman kulman takia.

— Rainfors ja Kywsky lähtevät, Tarwona kiekaisi.

— Oiva valinta, korpraali. Kello on nyt kaksitoista viisitoista, Käyrä sanoi ja kasasi pöydälle levinneet tupakantuhkat kahdeksi vahvaksi rintamalinjaksi.

Kapteeni pudotti Tarwonan tummentuneen hampaan toisen linjan taakse, kun puhelin parkaisi: — Rock on kuollut, rock on kuollut.

Käyrä kuunteli mietteliäänä puhelua ja mutristeli alahuultaan. Viimein kapteeni nakkasi puhelimen karttapöydälle:

— Molemmat valtiot ovat yhteisessä julkilausumassaan myöntäneet sodan aloittamisen tapahtuneen liian hätäisesti. Nyt on julistettu viikon kestävä aselepo. Se alkaa viidentoista minuutin kuluttua. Aselevon aikana molemmat osapuolet täydentävät ammusvarastojaan ja neuvottelevat ulkopuolisten valtioiden kanssa neutraaleiden lausuntojen antamisesta. Meillä on siis viikko aikaa valmistautua. Tasan viikon kuluttua kello kaksitoista kolmekymmentä juoksuhaudat on kaivettu ja majoituskorsut tehty. Ei kenenkään elävän maalla on valmiina kaatuneita sotilaita. Onko kukaan saanut uutta tietoa kaatuneista?

Käyrä malttoi kuunnella hiljaisuutta juuri tämän verran:

— Juoksuhaudat kaivetaan kaatuneiden taakse. Hämäämme vihollista murskaavalla tappiolla.

Luutnantti Zhaulla oli tapana kommentoida ensimmäisenä: — Kun juoksuhaudat on kaivettu, meidän täytyy siirtää joitakin kaatuneita taistelukentältä hautoihin. Silloin se on paljon uskottavampaa. Vihollinenkin tekee tiedustelua.

Zhaun esimiehenä kapteeni Käyrä lisäsi: — Taistelukenttää ei saa mennä sotkemaan. Tilataan materiaaliosastolta mallinukkeja, ja minä naamioin ne kaatuneiksi juoksuhautaan. Zhau hoitaa tilauksen tänään.

— Selvä on, rouva kapteeni.

— Voin auttaa muovisotilaiden naamioimisessa. Olen hyvä piirtämään ja meikkaamaan, luutnantti Johnfather ehdotti.

— Ei tarvitse. Komppanian päällikkönä olen saanut koulutusta myös arkkitehtuuriin, taidemaalaukseen, ensiapuun, taikatemppuihin ja luodinreikien poraamiseen mallinukkeihin.

Rainfors oli tutkinut muutamia ei kenenkään elävän maalle kaatuneiden sotilaiden asepukuja löytämättä niistä tunnuksia. Esikunta ei kiinnostunut kaatuneista sotilaista, sillä henkilökunta pysyi tiukasti omien käytäväkeskusteluidensa syövereissä.

— Aselevon päätyttyä aloitamme taistelun linnoittautumalla juoksuhautoihin. Siihen asti korpraali Tarwona toimii kersantti Rainforsin ja korpraali Kywskyn sotilaspalvelijana.

Käyrä lopetti ja raapi ylähampaillaan alahuulensa arpea.

— Tuleeko muonatäydennyksiä? Tarwona kysyi.

— Sinulle on tarjolla makkaraa koko viikoksi, Rainfors sanoi.

Kapteeni Käyrä lopetti käskynjaon ja komensi komentoteltan vartiohenkilöitä pystyttämään teltan. Kapteenin valtakirja aloittaa puolustustaistelu oli peruttu yhdellä puhelinsoitolla. Ylennykseen johtavia vastoinkäymisiä täytyi lykätä viikolla.

— Vitun alahuuli, Käyrä parkaisi ja yritti nielaista alaleukansa.

Komppanian keskuudessa Käyrän alahuuli oli niin hiljaista tietoa, että sitä ei kukaan halunnut omaksua.

Käyrä oli sotilasuransa alkutaipaleella palvellut esikunnassa luutnanttina vastaamassa upseerikerhon arkirutiinien menevän sujuvasti ja pyhärutiinien sujuvan menevästi. Kunnes erään runsaalla alkoholin käytöllä hämärretyn lauantain kääntyessä iltapäivän puolelle tulossa olevista yliluutnantin natsoistaan humaltunut Käyrä takertui samaa sukupuolta olevan tarjoilijan rintoihin ja eteni kielellään vastahakoiseen suuhun. Kookas tarjoilija torjui Käyrän valloitusretken raastamalla hampaillaan ison palan tämän alahuulesta.

Tapauksen jälkipyykki lingottiin nopeasti. Varuskunnan lääkäri talutettiin baaritiskiltä keittiöön, jossa tarjoilija sylkäisi Käyrän alahuulen lääkärin käteen. Viiden minuutin kuluttua alahuuli roikkui keittiön työtasolla makaavassa Käyrässä. Onnistuneen keittiöoperaation jälkeen suoritettiin pakolliset kuittaukset lääkärin lompakkoon. Onnettomuus sinetöitiin upseerikerhon koodin mukaisesti työtapaturmaksi. Käyrä heräsi seuraavana aamuna yliluutnanttina, ja alahuuli löytyi tyhjästä vodkalasista upseerikerhon baaritiskiltä.

Tarjoilija kertoi jälkeenpäin pidetyissä kuulusteluissa, että Käyrä yritti tilata juomaa valomerkin väärällä puolella alahuultaan heiluttaen. Kuulustelujen lopuksi kuulustelukomitean johtava upseeri paljasti salassa pidettävät tuomiot molemmille osallisille. Yliluutnantti sai pitää ylennyksensä, ja tarjoilija sai korvata revenneen paitansa työnantajalleen.

TIEDUSTELIJAT

Aselevon kolmantena päivänä juoksuhauta vaimensi tehokkaasti rakentajiensa viimeiset kirosanat. Kapteeni Käyrä oli tyytyväinen juoksuhaudan syvyyteen ja varmisti kaikille kaivajille etulinjan sijaitsevan juoksuhaudan edessä. Juoksuhautoihin liitetyt labyrintit, vallihaudat ja kukkaistutukset vaikeuttaisivat vihollisen tunkeutumista etulinjaan. Sotilaat jatkoivat taisteluun valmistautumista kylpemällä auringossa. Yhtenäisessä komppaniassa kaikki ottivat yhtä paljon aurinkoa ihon väristä ja taivaalla vaeltelevista pilvistä riippumatta, sillä luutnantti Johnfatherin raportin mukaan kaikki komppanian käyttöön varatut naamiovärit oli käytetty viihdytysjoukkueen harjoituksissa.

Kapteeni Käyrä saapui aselevon neljäntenä päivänä auringonottovuoroonsa valmistautuvien ryhmänjohtajien telttaan:

— Rainfors ja Kywsky. Ensinnäkin, pukekaa kalsarit jalkaan. Ja Kywsky peittää myös rintansa.

Kywsky meni sivummalle kaivamaan Tarwonan vaatekaappia. Korpraali Tarwona nukkui punkassaan. Tunnollinen sotilaspalvelija oli saanut auringonpistoksen. Käyrä heitti harmaan säkin Rainforsin punkan päätyyn:

— Kersantti ottaa komennon. Suoritatte tiedustelutehtävän vihollisen puolelle. Säkissä on siviilivaatteita, muonaa ja muovia aseiden kätkemistä varten.

— Milloin on lähtö?

— Huomenna.

— Nythän on aselepo, kaikenlainen sotilaallinen toiminta on sopimuksen vastaista.

— Toimitte vihollisen takalinjoilla siviilikamppeissa. Silloin se ei ole sotilastoimintaa. Ei kenenkään elävän maalla pidätte oman turvallisuutenne tähden asepukua. En näe yhtään aseleposopimuksen vastaista seikkaa.

— Entä väärennetyt passit, mitä kieltä siellä puhutaan, millaisissa vaatteissa ne kulkevat, minkä näköisiä ihmiset ovat?

— Sanokaa, että olette turisteja ja narsisteja. Keksikää jotain, olette sentään aliupseereita. Kaikkea ei ole ehditty selvittämään. Kaivatte vihollisen linjojen taakse maastokätkön. Piilotatte sinne aseenne ja univormunne.

— Saadaanko lapio mukaan? Otetaanko kiväärit vai pistoolit? Vallituksessa olisi nuotiopuiksi puupaaluja ja tukikeppejä, Rainfors pohti.

— Paalutuksista ei saa ottaa yhtään tukikeppejä. Paalutuslinja on meidän selkärankamme. Kywsky ottaa tarkkuuskiväärinsä, sinä pärjäät omallasi, mikä se sitten onkaan. Kaivakaa kätkö käsin, ei sinne mitään maansiirto-partiota lähetetä.

— Onko paalutuslinjan tarkoitus estää meitä perääntymästä? Sehän on heti juoksuhaudan takana.

— Miksi kersantti kyselee koko ajan?

— Minä olen tiedustelija.

— Hyvä on, kersantti. Selvitätte vihollisen linjojen takana olevassa kaupungissa heidän rahayksikkönsä sekä kellonajan. Ja eliminoikaa kersantti Bonaboury.

— Onko Bonaboury loikannut?

— En tiedä, mutta jos kersantti tulee vastaan, eliminoikaa hänet.

— Minkä nimiseen kaupunkiin menemme?

— En tiedä. Jos olisin majuri, niin tietäisin. Ensimmäinen kaupunki, joka tulee vastaan. Edetkää metsiä pitkin ja välttäkää kulkuväyliä.

— Onko siellä metsiä? Tuo kukkulakin on puuton. Eihän siellä kasva kuin heinää.

— Tulkaa kyselemään sitten, kun minut on ylennetty majuriksi. Lähtö on huomenna, nollakuusi nollanolla. Poistukaa!

— Tämä on ryhmänjohtajien teltta.

— Niinpä tietenkin.

Kersantti Rainfors ja korpraali Kywsky hiipivät kiemurtelevan labyrintin oikealle viettävästä kaarteesta kukkula 106:n juurelle. Ohitettuaan kukkulan tiedustelijat jatkoivat ryömimistä loputtomalta tuntuvan kaurapellon halki. Ryömijät joutuivat kiertämään keskelle peltoa hylätyn ruosteisen puimurin.

— Todennäköisesti miinoitettu, Kywsky mutisi itsekseen.

Päästyään pellon päähän tiedustelijat kaivoivat pehmeään maahan kuopan, johon tunkivat sotilasasunsa ja aseensa. Tyylikkäissä siviilivaatteissaan kontillaan olevat kersantti Rainfors ja korpraali Kywsky arvelivat sulautuvansa vihollisen linjojen taakse kuin kalat veteen. Tästä syystä Rainfors määräsi partion hakeutumaan humalaan heti, kun siihen aukenisi mahdollisuus.

Kersantti Rainfors oli suorittanut ennen jatkuvien sotakausien alkamista Valtion Jäljittäjäkoulutuksen, ja korpraali Kywsky oli työskennellyt Valtion Sisäisessä Valvonnassa lihanleikkaajana. Mutta henkilöhistoriaa penkomalla käynnissä oleva tiedustelutehtävä juuttui kaurapellon päähän, siviilivaatteissa kontillaan olevien sotilaiden kysyviin ilmeisiin. Rainforsin välilevyn pullistuma kuitenkin hellitti painettaan konttausasennossa. Viimein Rainfors ymmärsi tehtävän tärkeyden menevän kivuttomuuden tunteen edelle ja nousi seisomaan. Valkoinen hellekypärä keinahti kersantin päässä, kun kauran röyhyä oli takertunut vakosamettiseen takkiin. Seisoessaan pellon päässä Rainfors ei muistuttanut maanviljelijää sen enempää kuin Kywsky koiraa, vaikka korpraali oli edelleen kontillaan ja katsoi kersanttia anovasti silmiin. Rainfors luotti kapteeni Käyrän henkilöstöjohtamistaitoihin ja potkaisi Kywskyä perseelle.

Tiedustelijat katosivat pellolta havumetsään. Kuivat risut rapsahtelivat kulkijoiden alla, ja korkeuksista varisi havunneulasia, kuivia oksia ja käpyjä. Kywsky innostui kehumaan Rainforsille hellekypärän käytännöllisyyttä pystyyn kuolevassa metsässä. Rainfors antoi Kywskyn suunnistaa, kunnes kuljettu reitti sulkeutui ympyräksi. Rainfors jatkoi suunnistamista kokeneiden jäljittäjien vanhan sananparren mukaan: Kun kuljet myötätuuleen, et voi koskaan tuoksua vastatuuleen.

Neljännesmailin suoraan myötätuuleen kulkemisen jälkeen tiedustelijat kyyristelivät ison kiven takana ja söivät eväitään. Piilopaikka sijaitsi lähellä vilkasta kevyen liikenteen väylää ja monikaistaista autotietä. Kiven takana kiisteltiin metrijärjestelmän käytöstä pituuden mittauksessa. Lopulta, kersantti Rainforsin määräyksestä, molemmat päättivät käyttää metrijärjestelmää. Rainforsin seuraavan määräyksen mukaisesti tiedustelijat siirtyivät kevyen liikenteen väylälle. Vaatetuksensa puolesta tiedustelijat eivät erottautuneet muista kulkijoista, eräs pyöräilijä teki jopa kohtuullisen tarjouksen molempien hellekypäristä. Kauppaa ei saatu aikaan, vaikka kaikki kolme puhuivat samaa kieltä.

Sinivalkoinen LANACITY-kyltti otti tiedustelijat vastaan kaupungin rajalla. Yksittäisiä pientaloja alkoi ilmestyä näkyviin, ja päällystetyt tiet puhkoivat pian maisemaa kuin mustekalan lonkerot. Hitaasti lähenevät rakennukset kasvoivat ylöspäin, ja lopulta korkeat tornit puristivat tiedustelijat varjoihinsa. Katuvalot valaisivat asfaltoituja verisuonia, jotka pullistelivat kaupungin elintoimintoja ylläpitävistä ravintoaineista. Keskustan valomainokset kiersivät uuteen sanomaan ja palasivat takaisin vanhaan valheeseen, alastomina ja halvalla.

— Alastomuus myy, Rainfors tuhahti.

Kywskyn leveä hymy paljasti, että korpraalilla ei ollut Rainforsin taitoa valaa itselleen turhia murheita.

Tiedustelijoiden tehtävänä ei kuitenkaan ollut raportoida kapteeni Käyrälle anatomisia kuvauksia kaupungin keskustasta. Siitä johtuen tiedustelijat istuivat Janoinen

Pakka -baarissa. Kywskylle ei selvinnyt ensimmäisen tilauksen aikana käytössä oleva rahayksikkö, sillä baarinpitäjä laittoi tilauksen talon piikkiin. Baarinpitäjä esitteli itsensä C-deckiksi ja kehui toimivansa oman toimensa ohella paikallisen poliisin tunnistajana. Yksityisomistuksessa oleva Outerpol-poliisiyhtiö pestasi nonstoppina luotettavia ravintolatyöntekijöitä, kunhan näiden taustat kyettiin varmistamaan riittävän epäilyttäviksi.

Kauhistuneiden Kansakuntien antamassa julistuksessa kaikkien maailman poliisivaltioiden kaikkien koulutusten täytyi olla viikon mittaisia. Tämä oli ainoa Outerpolin ulkopuolelta tullut sääntö, jota yhtiössä noudatettiin. Niinpä viikon kestäneessä koulutuksessa C-deck opetteli ensin tunnistamaan ihmisiä valokuvista. Sitten hän oppi tunnistamaan paikallaan seisovia ihmisiä. Sen jälkeen siirryttiin tunnistamaan eri tavoin liikkuvia ihmisiä. Kurssin viimeisenä päivänä tunnistettavien vauhtia lisättiin erilaisilla apuvälineillä, ja loppukokeessa C-deck tunnisti erilaisista apuvälineistä irrotettuja kuolleita.

Baarin hämärässä nurkkapöydässä istui ensimmäisen novellin viimeiseltä sivulta selvinnyt Reijo Tinars. Poliisi tuijotti seinää vaatteet vettä valuen, riekaleinen kravatti kaulassaan ja sukupuuttoon kuoleva kala sätkimässä viimeisiä kouristuksiaan paidan sisällä. Outerpolin venepartio oli noukkinut Tinarsin muovijätelautan seasta kaupungin läpi virtaavasta joesta. Voipunut mies tuotiin C-deckin baariin saamaan ensiapua. Toivuttuaan nousuhumalaan Tinars luotti vaistoonsa ja jatkoi juomistaan. Poliisimies oli päättänyt jäädä viihtymään tähän novelliin. Kywsky näki nurkkapöydän vetisessä miehessä häivähdyksen veljestään, joka tapasi säilöä huomiselle tuoksuvia eväitä taskussaan ja takertua humalaansa kuin hukkuva oljenkorteen. Korpraali palasi ajatuksistaan tehtäväänsä, kun kersantti Bonaboury ilmestyi baariin.

— Rainfors, Bonaboury istuu baaritiskillä. Sillä on meidän asepuku päällä, Kywsky kuiskasi Rainforsin korvaan.

— Tuo kutittaa. Käsken sinua kuiskaamaan seuraavan kerran jalan etäisyydeltä.

— En voi toteuttaa sitä. Tässä tehtävässä sovittiin metrijärjestelmän käytöstä.

Tiedustelijoiden sanailu katkesi Bonabouryn istuessa pöytään:

— Oletteko lomalla vai suorittamassa tiedustelutehtävää?

— Tiedustelemassa. Uusi sota on puhkeamista vaille valmis. Aselepo loppuu muutaman päivän päästä, Kywsky sanoi.

— Millainen valuutta täällä käy ja onko kellonaika sama kuin meillä? Rainfors kysyi.

— Aika on sama, mutta täällä maksetaan pelikorteilla. Palkkakin maksetaan pelikortteina. Maksukortin maa vaihtuu neljännesvuosittain. Hertta kelpaa vielä tämän viikon. Tuossa on pakka, niin pääsette alkuun.

— Loikkasitko tänne, kun sinut irtisanottiin Valtion Sotatoimilaitokselta?

— Loikkasin. Minun oli pakko loikata, kun bussi ei saatana meinannut pysähtyä pysäkille. Summeri oli rikki. Muuten täällä toimii kaikki.

— Meidän pitää eliminoida sinut. Se on käsky. Kapteeni Käyrän käsky, Rainfors sanoi.

— Ottakaa ensin vangiksi, nyt vedetään pää täyteen. Vanhojen aikojen kunniaksi.

— Sota on soveltamista, Rainfors sanoi ja suuntasi baaritiskille.

— Kolme tuoppia olutta ja kolme vodkaa, Rainfors sanoi C-deckille.

— Se tekee kuusi herttaa tai yhden hellekypärän.

— Tuossa on kortti, se on tasaraha. Kypärää en voi luovuttaa.

— Te olette sotilaita. Ja Bonaboury on loikkari. Siitä uskallan lyödä herttapakan vedon.

— Nimeni on Rainfors, tiedustelija. Minulla ei ole tarvetta vedonlyöntiin, täytyy aloittaa selviäminen takaisin arkirutiineihin. Tehtävä on melkein suoritettu. Bonaboury pitää vielä eliminoida.

— Täälläkö?

— En tiedä vielä. Tässä on jotakin hämärää. Kaikki tuntuu käyvän liian helposti. Tänne saapuminen, sinun kanssasi juttelu, meidän paljastumisemme tiedustelijoiksi, Bonabouryn ilmestyminen, kellonajan ja rahayksikön selvittäminen. Mekin keskustelemme tässä kuin parhaat ystävät vailla mitään salaisuuksia, ja partiointi päihittää vaarallisuudellaan nipin napin jouluaaton vieton kotipuolen konkurssiin kaatuneessa kuppilassa. Sota on puhkeamassa, ja kaikki sujuu liian helposti.

— Missä on sota?

— Illalla televisiossa, joku elokuva, Rainfors vastasi ja oli tyytyväinen harhautuksestaan.

C-deck nielaisi vertauskuvallisen miekan. Rainfors ihmetteli baarinpitäjän jäykistynyttä olemusta; tummista silmistäkin katosi ei kenenkään elävän maalla partioivien rottien uteliaisuus. Baarinpitäjän jäätymistä ihmettelivät myös Outerpolin tummapukuiset virkamiehet novellin jälkeen tapahtuneissa kuulusteluissa, joista C-deck ei selvinnyt pelkillä ruhjeilla.

Rainfors kaipasi jännitystä, adrenaliinipurskeita ja vaaran tunteen synnyttämää kihelmöintiä elimistöönsä. Kersantti löysi ne kaikki kolmesta edessään olevasta vodkasnapsista pitämällä ryyppyjen välillä suutaan auki kuin nälkäinen linnunpoikanen. C-deck suli takaisin rooliinsa ja täytti lasit: — Voit mennä pöytääsi, tuon juomat kohta sinne. Minun on pidettävä silmällä tuolla nurkkapöydässä istuvaa poliisia.

— Aiotko ilmiantaa meidät poliisille? Rainfors kiinnostui.

— En. Nurkassa istuu omasta novellistaan hengissä selvinnyt poliisi.

Rainfors vilkaisi nurkkapöytään ja tyrmäsi saman tien C-deckin tunnistajan lahjat.

Komppanian ryhmänjohtajien teltassa korpraali Tarwona tarkasteli irronnutta hammastaan ja lähti viemään sitä komentopaikan karttapöydälle. Käyrä nukkui omassa punkassaan karttapöydän vieressä ja komentoteltan vartiohenkilöstö taas maahan levitetyn teltan päällä, kun Tarwona asetti hampaansa katkaistuilla tulitikuilla vahvistetun tuhkalinjan taakse. Sotilaspalvelija suoritti aina tehtävänsä loppuun; niinpä Tarwona palasi omaan telttaansa ja alkoi juopottelemaan.

Korpraali Tarwona oli monen rauhanturvaoperaation veteraani. Korpraalin viimeiseksi jäänyt, oman suvun sisäinen operaatio keskeytyi toissa vuonna, kun Tarwona sai käskyn Valtion Sotatoimilaitoksen alaisuuteen ja hänet kutsuttiin kaksi viikkoa kestävälle perehtymisleirille. Leirillä oli Sotatoimilaitoksen takaama täysi ylläpito. Jokaisella osallistujalla oli oma asunto, kahden neliön koppi, jossa oli ison kolikon kokoinen ikkuna. Fyysiseen työhön osallistuminen oli vapaaehtoista, sitä oli tarjolla riittävästi ja kaikki olivat halukkaita sitä tekemään. Illat vietettiin yhteisissä lausuntaharjoituksissa. Ne olivat niin suosittuja, että kestivät aina herätykseen asti, josta siirryttiin hyvin nivelletyn ohjelman mukaisesti suoraan aamupalalle. Leirin loputtua Tarwona pääsi päivän kestäneelle lomalle, jonka aikana täytyi siirtyä omalla kustannuksella Sotatoimilaitoksen osoittamaan toimipaikkaan.

Janoinen Pakka -baarin valomerkki laittoi Rainforsin ja Kywskyn heittämään herttansa pöydälle. Bonaboury poimi kortit pakaksi ja tilasi taksin. C-deck toivotti kolmikolle turvallista matkaa, varmisti hämyisän nurkkapöydän olevan tyhjä ja ryhtyi hypistelemään puhelintaan. Outerpolin tunnistaja mietti irtisanomisilmoituksensa aloituslausetta. Joen ylittävälle sillalle hoiperteleva Reijo Tinars tiesi, miten poliisin palveluksesta pääsee eroon: täytyi löytää novelli, jossa baarit ovat auki takakanteen asti.

Taksi pysähtyi bussipysäkille, lähelle samaa kiveä, jonka suojasta tiedustelijat olivat aamupäivällä siirtyneet kevyen liikenteen väylälle. Bonaboury suunnisti pimeässä suoraan kaurapellon päässä olevalle maastokätkölle. Tiedustelijoiden pukeutuessa sotilasasuihinsa Bonaboury peitti montun umpeen. Kywsky sulloi siviilivaatteet takaisin säkkiin, ja Rainfors tökkäsi teatraalisesti kiväärin piipun Bonabouryn selkään julistaen tämän olevan Valtion Sotatoimilaitoksen vanki. Humalaisen naurunremakan lakattua sotilaat lähtivät kulkemaan kukkula 106:lle. Kukkulan juurella Kywsky epäili unohtaneensa tarkkuuskiväärinsä maastokätköön. Kolmikko kapusi monen tovin verran epämääräistä reittiä kukkulan laelle.

Rainfors jakoi vartiovuorot ja otti itse ensimmäisen. Hän varmisti muiden olevan sikeässä unessa pehmeässä heinikossa, kävi pitkälleen hieman sivummalle ja laittoi vaatesäkin päänsä alle. Unessaan Rainfors oli raajarikkojen ryhmänjohtajana hiljentämässä hyljeksittyjä, juoppoja, kerjääjiä ja päästään sekaisin olevia rampoja, joiden tuskanhuudoista sanoitettiin marssilauluja.

Kersantti Rainfors heräsi aamulla hillittömään nälän tunteeseen. Kywsky heräsi Rainforsin saappaaseen; tällä kertaa se napautti olkavarteen. Tiedustelijat laativat yhteistuumin tiedusteluraportin, joka oli valheellisuudessaan uraauurtava. Korpraali Kywsky valittiin yhden äänen ylivoimalla viemään raportti kapteeni Käyrälle. Rainfors antoi kiväärinsä korpraalille ja herätti kevyellä potkulla Bonabouryn. Uninen kersantti halusi lähteä Kywskyn mukaan. Kywsky ei ottanut Bonabourya mukaansa, sillä hän aavisti muovisotilaiden saavan uuden ryhmänjohtajan seurakseen juoksuhautaan.

JUOKSUHAUDASTA AMMUTTU LAUKAUS

Aamun valjetessa toisen joukkueen johtaja, luutnantti Movikov käveli juoksuhautaan ja istahti muovisotilaiden sekaan. Movikov huojui hitaasti edestakaisin, ja luutnantin kypärä kumahteli juoksuhaudan puuseinään kuin kuolinkello. Kuolema ei tullut odottamalla mutta kapteeni Käyrä tuli. Yönsä hyvin nukkunut, telttansa karttapöydältä tankin löytänyt kapteeni loikkasi kivääri kädessään Movikovin yli: — Älä hätäile, laitan sinut kärkeen seuraavassa torjuntahyökkäyksessä. Nyt meillä on aavikkoväreissä oleva tankki puolustuksen tukena.

Kukkulan päällä Rainfors haravoi kiikareillaan labyrintteja, vallihautoja ja kukkaistutuksia mutta ei havainnut merkkiäkään korpraali Kywskystä. Kersantti palasi kiikaroimaan komentokorsun tienoota ja huomasi Käyrän katsovan kiikarillaan suoraan vastaan. Rainforsin epäonneksi Käyrän kiikarin alla oli kivääri. Luoti lävisti onnekkaan kersantin kypärän vasemman korvan kohdalta, muutti kurssiaan ja jatkoi tunnotonta matkaansa kukkulan laen yli.

Juoksuhaudassa kapteeni Käyrä tarkasteli kiväärin kiikarin läpi kukkulan lakea. Vihollinen oli seissyt kukkulan päällä aseettomana; hetken Käyrä oli luullut tähtäävänsä lintubongaria. Onnistuminen karkasi Käyrän rinnasta ulvontana taivaalle. Sen kuuluvuudella ja kestolla olisi päässyt vaivatta susilauman johtajaksi. Movikov luuli tilaisuutensa tulleen ja lähti kapuamaan juoksuhaudasta ei kenenkään elävän maalle. Entisenä painijana Käyrä melkein selätti esikunnan paperitöissä kuihtuneen Movikovin, joka muisti pahassa sillassa aikansa pyristeltyään myöhästyvänsä luutnantti Johnfatherin vastaanotolta.

Suurin osa komppanian sotilaista oli ottamassa aurinkoa majoitustelttojen keskellä olevalla, Sunplataksi nimetyllä aukiolla. Komppanian sisäisen ohjesäännön mukaisesti naamiovärin hankkimisen keskeytti ainoastaan esimiehen käsky tai sadekausi. Ohiammuttu laukaus ja Käyrän ulvonta saivat aurinkokylvyssä makaavia voitelemaan kehoonsa lisää Valtion Sotatoimilaitoksen suosittelemaa aurinkovoidetta (Baby Oil).

Painiottelun aikaansaama ähellys tulkittiin auringonottajien keskuudessa yksimielisesti yhdynnän aiheuttamaksi. Joku huomautti äänien kuuluvan ei kenenkään elävän maalta. Siellä epäiltiin liikkuvan vihollisen omasta armeijasta eronneita, vahvasti aseistettuja ja tunnuksettomia asepukuja käyttäviä tarkkailijoita, joiden palkanmaksua vihollisen armeija ei muistanut lopettaa. Esitetyn teorian tueksi toinen auringonottaja kertoi Kauhistuneiden Kansakuntien yhtenäisten sotasääntöjen laatimisesta vastaavan osaston julkaiseman suosituksen kieltävän yhdynnän sotatoimien aikana kaikilta kapteeneilta sekä sitä alemmissa sotilasarvoissa palvelevilta upseereilta ja sotilailta. Niinpä Sunplatalla kiertämään lähtenyt huhu vahvisti kahden, samaa sukupuolta olevan, vihollisen majurin parittelevan taukoamatta ei kenenkään elävän maalla.

Rainfors makasi selällään kanervien seassa tunnustellen vapisevin sormin kypäräänsä tullutta reikää. Kersantin sisälmykset tanssivat ripaskaa ja suoli veltostui. Paskan hajulla on tapana olla läsnä joka sodassa.

— Tuoksusta puuttuu rauhanomainen, raikkaan hedelmäinen ja kevyen kukkainen vivahteisuus, vaikka kevät on jo pitkällä. Taistelukosketus oli kuitenkin tavanomainen. Mikään ei mennyt suunnitelmien mukaan.

Rainfors kuuli yhteenvedon viereensä ryömineeltä, vaatesäkkiä tarjoavalta Bonabourylta. Kersantti Bonaboury otti Rainforsin kiikarit ja siirtyi tarkastelemaan alhaalla sijaitsevaa sekavan näköistä puolustuslinjaa, puoliksi romahtaneita majoitustelttoja, aurinkoa ottavia sotilaita ja kaiken kuvatun takana savuavaa miehistönkuljetusvaunua, jonka kannella pelattiin biljardia. Bonaboury painoi päänsä maata vasten ja teki oikean yhteenvedon näkemästään: lyijyluoti oli tehnyt tehtävänsä Käyrän päässä, eikä eversti Pinssi saanut juomistaan kuriin.

Kauan sitten käydyissä esikunnan käytäväkeskusteluissa oli sittenkin vilahtanut oikea syntipukki: kersantti Bonaboury oli ampunut rintaan tähdätyn laukauksen suoraan kapteeni Käyrän päähän edellisen sodan jälkeen pidetyissä sotaharjoituksissa.

Valtion Sotatoimilaitoksen salamurhista vastaavan toimielimen johto, Bonaboury mukaan lukien, piti kapteeni Käyrää monirodullisena uhkana ja vaarallisena esikuvana nuorisolle. Sen lisäksi Valtion johtava puolue ilmoitti salamurhista vastaavan toimielimen lakkautusuhasta. Toimielin vastasi molempiin uhkiin näyttävällä salamurhahankkeella. Bonabouryn mukaan hanke epäonnistui Käyrän harjoituksissa osoittaman epävakaan käytöksen takia.

— Merkillinen selitys, toimielimen johto sanoi yhdestä suusta, ja sama suu antoi Bonabourylle käskyn irtaantua armeijan palveluksesta viimeistään ennen lipunlaskua.

Kersantti Rainfors sovitteli Bonabouryn takana hellekypärää päähänsä, vilkaisi heinien suojasta juoksuhautoja kiikaroivaa vankiaan ja lähti laskeutumaan rinnettä kaurapellolle päin.

EVERSTI PINSSIN VIERAILU

Esikunnan kolmannen jaoksen tehtävänä oli vastata koti- ja sotarintamalle välitetyn kuvattoman informaation oikeellisuudesta. Kolmas jaos oli kaikessa hiljaisuudessa lakkautettu siitä vastaavan upseerin, luutnantti Movikovin siirryttyä Käyrän komppaniaan. Jaokselle tuleva sähköinen posti tuhoutui automaattisesti, ja paperiposti sensuroitiin avaamattomana esikunnan rakennusten lämmityskeskuksessa. Kapteeni Käyrä luki toisen kerran lähetysvalmista raporttiaan puhelimensa näytöltä:

Veripurot eivät ehdi kunnolla imeytyä multaan, kun rotat iskevät kaatuneisiin. Uutterimmat rotat ovat alkaneet järsiä meidän muovisotilaitammekin. Sotilaspoliiseilla on paljon opittavaa rottien tunnollisuudesta, systemaattisuudesta ja vaihtelevista menetelmistä.

Sen takia pyydän esikuntaa lähettämään kaikki liikenevät sotilaspoliisit tarkkailemaan rottien käyttäytymistä. Sotilaspoliisit voivat ryömiä pimeyden turvin ei kenenkään elävän maalle teeskentelemään kuollutta. Siellä on vielä vapaana hyviä tarkkailupaikkoja. Luodit ja sirpaleet kertovat selviytymistarinoita, mutta seuraava havaintoni täytyy välittää kotirintamalle. Juoksuhaudassa sijaitsevan komentokorsun vieressä olevien tikkaiden kohdalla, muutaman askeleen päässä ei kenenkään elävän maalla, on pystyssä elinvoimainen ruohonkorsi. Se on säilynyt vaurioitumatta koko sodan ajan, vaikka korren vierestä on ravannut laumoittain sotilaita eteenpäin ja taaksepäin. Korren sisällä asuu onnellinen perhe, vaikka televisio on rikki. Perheen äiti tekee ruokaa keittiössä, isä polttaa piippua ja pieni poika sylkee verta.

Miksi kukaan ei kuvaa heitä? Äiti on valmiina hymyile-mään. Miksi kukaan ei kuvaa heitä?

Kapteeni Käyrä katsoi ruohonkortta väärinpäin olevien kiikareiden läpi. Saapas iskeytyi korren viereen, ja juoksuhautaan liukui pölyinen sotilas. Kapteeni varmisti ruohonkorren jääneen pystyyn ja laskeutui portailta.

— Viinanhajusta päätellen olette omia.

— Korpraali Kywsky, rouva kaptceni.

— Ei tarvitse rouvitella. Huomasitteko ruohonkorren sisällä asuvan perheen? Laitoin siitä raportin informaatiojaokseen. Hommatkaa joku sotakuvaaja paikalle, ei mitään amatöörikuvaajaa. Ihan oikea kuvaaja, jolla on sotakamera. Lähetetään isoja kuvia kotirintamalle. Se perhe näytti olevan meikäläisiä. Silloin me olemme olleet täällä jo aikojen alussa. Kuka uskaltaa tämän jälkeen epäillä oikeuttamme suojella tätä maata?

— Ruohonkorresta en tiedä, mutta pitäisi ampua noita rottiakin. Otukset ovat käyneet liian tuttavallisiksi.

— Onko panoksia, korpraali? Aloitetaan heti. Rottia ei saa syödä. Taisteluun on valmistauduttava askeettisissa olosuhteissa. Nälkäinen leijona saalistaa, mutta kylläinen leijona nukkuu.

— Ammukset ovat vähissä.

— Neuvottelut ammustehtaan kanssa taitavat olla vielä kesken. Varmaan huomenna tulee lisää ammuksia. Kävitkö tapaamassa vihollisia? Oliko siellä suunnalla ruohonkorsia pystyssä?

— Olin suorittamassa tiedustelutehtävää. Kersantti Rainfors ja kersantti Bonaboury jäivät kukkulalle tarkkailemaan tilannetta.

— Bonaboury. Tiesin, että se on loikannut. Minä ammuin sen petturin kukkulalle.

— Otimme Bonabouryn vangiksi, mutta nythän sekin asia on sitten hoidettu. Välitän kersantti Rainforsin tekemiä havaintoja vihollisen liikkeistä.

— Mistä liikkeistä? Pienistä kaupoista vai ostoskeskuksista? Ovatko viholliset opetelleet uusia kasvojen liikkeitäkin?

— Vihollinen on siirtämässä joukkojaan meistä käsin katsottuna vasemmalla olevan kukkulan taakse. Tykistö ja kranaatinheittimet jäävät paikoilleen, mutta joukkoja ja kuljetuskalustoa siirretään kukkulan taakse.

— Entä hevoset, mihin hevoset viedään?

— Mitkä helvetin hevoset?

— Ne laittavat hevoset hyökkäämään ensimmäisessä aallossa ja ryntäävät niiden suojissa kimppuumme. Näin vastaavan taktiikan toimivan elokuvateatterissa, sitten loppuivat makeiset ja joku hinkkasi itseään viereisellä istuimella, taisi olla kersantti Bonaboury. Esittelen uuden hyökkäyssuunnitelman eversti Pinssille. Eversti on tulossa tarkastamaan meidän asemamme. Voitte mennä komppanian teltoille. Milloin lähdette takaisin?

— Heti, kun olen syönyt ja kuitannut viholliselle kelpaavaa valuuttaa.

— Sodassa ryöstetään. Mihin te rahaa tarvitsette?

— Siellä käytetään pelikortteja valuuttana. Onko meillä korttipakkoja?

— Viihdytysjoukkojen taikurilla on erilaisia pakkoja. Minulla on joulukortti takataskussa, kohta tulee taas lunta. Sinun ja Rainforsin seuraavana tehtävänä on selvittää vihollisen juoksuhaudan edessä olevat ehjät ruohonkorret. Siirretään niihin meidän kansalaisiamme. Asuttaminen on tehtävä ennen lumen tuloa.

— Missä kaikki meidän elävät sotilaamme ovat? Kywsky keskeytti.

— Movikov lähti juuri Johnfatherin tatuoitavaksi, ja loput ovat Sunplatalla.

Kywsky ojensi kiväärinsä kapteenille: — Sen voi palauttaa kersantti Rainforsille.

— Näille on aina käyttöä, Käyrä hihkaisi Kywskyn perään.

Kywsky ryömi juoksuhaudasta nousevaa yhdystunnelia paalutusten taakse ja nousi maan kamaralle Baby Oilille tuoksuvalla Sunplatalla. Seuraavaksi korpraali aikoi syödä, täydentää varusteitaan ja lähteä kotiin.

Miehistönkuljetusvaunun jylinä laittoi Käyrän oikomaan asepukuaan. Eversti Pinssi laskeutui panssaroidun miehistönkuljetusvaunun pohjaan tehdystä luukusta juoksuhautaan ja koputteli kiiltävällä biljardikepillä puisia tukirakenteita. Sotatoimien aikaan Pinssi toimi omasta aloitteestaan taistelevien joukkojen sparraajana, valmentajana ja luovuuskouluttajana. Eversti koulutti sotilaita kuolemaan luovasti, sillä upseerikoulun estetiikan kurssin vetäjänä Pinssi ymmärsi kuolintavan merkityksen kotirantamalla odottavien sukulaisten, ystävien ja velkojien mielialaan. Sotilaiden keskuudessa ilmenikin havaittavaa luovuuden lisääntymistä Pinssin vierailuiden jälkeen. Kyvykkäimmät taiteilivat kuulan kalloonsa ennen kuin eversti ehti takaisin vaunuunsa. Valitettavat uutiset käsiteltiin Sotatoimilaitoksen Brändäysosastossa, jossa sotilaiden itsetuhoisuus väritettiin kunnon rähinöiden puutteesta johtuviksi mielenilmauksiksi.

Eversti otti pitkän ryypyn taskumatistaan. Pinssi tiesi viinan merkityksen sotilaiden mielialan kohottamisessa. Sen lisäksi viinaan menevää everstiä on paljon helpompi lähestyä kuin krapulassa kiukuttelevaa everstiä. Ei kenenkään elävän maalta puskeva tuuli sai Pinssin ottamaan toisen ryypyn. Kolmas ryyppy meinasi karata henkitorveen kapteeni Käyrän lopettaessa juoksunsa ryhdikkääseen asentoon: — Herra eversti, tervetuloa Käyrän komppanian vastuualueelle. Ilmoitti kapteeni Käyrä.

— Rakentakaa tähän liukuportaat. Ja kolmannen ryypyn jälkeen jätetään aina herroittelut ja rouvittelut sikseen. Minä olen Pinssi ja sinä olet Käyrä. Kumpi on ensin päällä? Onko siitä ohjesäännössä mitään mainintaa? Minä voin korkeampana upseerina olla sinun allasikin. Ei se minua haittaa. Sapeli voi taipua taistelussa, mutta sitä ei saa hukata.

— Herra eversti, minulta on sotilasarvoni takia kielletty yhdyntä sotatoimien aikana, mutta jos ylenisin majuriksi, suorittaisin annetun tehtävän.

— Käyrä pitää sitten mielessään seuraavan seikan: Jos tästä tulee tutkinta, minä mainitsin sanan *yhdyntä* vasta nyt, sinun ehdotuksesi jälkeen. Eli aloitteen tehnyt on aina alla. Hoidetaan muodollisuudet ensin ja ryhdytään paneskelemaan. Jatketaan sen jälkeen sotimista. Onpa paksua puunrunkoa pötköllään juoksuhaudan seinissä. Täällä on selvästi kunnioitettu perinteitä. Juu, tiedän. Vihollinen käyttää uudempia taktiikoita. Siihen virheeseen meidän täytyy iskeä. Olemme saaneet lisää rahoitusta myymällä Sotatoimilaitoksen omistamia kiinteistöjä. Sen lisäksi olemme sopineet useamman maan hallituksen kanssa kansainvälisen median tuoman julkisuuden myötävaikutuksella, että jatkossa myönnetään rajoitettuja osallistumisoikeuksia sodasta kiinnostuneille tahoille. Sotaan halukkailta sallitaan asetarvikkeiden lahjoitukset ja kaikenlainen rahallinen tukeminen. Ei siitä sen enempää, tämä on sitten salassa pidettävää tietoa. Mustan lankin hinta on karannut käsistä. Suosittelen maihareiden lankkausta vuoropäivinä. Aloittakaa huomenna vasemman jalan saappaasta. Suoritetaan seuraava hyökkäys mahdollisimman pian, ennen kuin taivas täyttyy kusipäistä. Makuupussikin on naulattu juoksuhaudan seinään. Kyllä siinä kelpaa hyökkäyksien lomassa vetäistä tirsat. Puun tuoksulla on rauhoittava vaikutus miehiin, ja kunnon veriurakin on tehty keskelle kaivannon pohjaa. Urassahan on etanoita, niistä tulee veriaterian jälkeen maukkaita. Muista kerätä ne taistelun jälkeen pannulle. Totta tosiaan, ja juoksuhauta on määräysten mukaisesti tarpeeksi kapea, jotta huonompijalkainenkin vihollinen kykenee hyppäämään sen yli. Viime sodassa kärsimme raskaita tappioita, kun vihollisia putosi meidän liian leveisiin juoksuhautoihimme. Jumalauta, silloin alkoi seurusteleminen ja tavaroiden vaihtaminen välittömästi. Ja pieni vinkki majurin natsojen tavoitteluun: muista käyttää puheessasi riittävästi sanaa *välittömästi*. Onko täällä viilattu sormuksia puhdetöinä? Jumalauta Käyrä, tämä sota loppuu kihlajaisiin ja naimalupauksiin. Missä kaikki sotilaat ovat? Nyt pidetään sormusten inventaario välittömästi.

— Ei meillä ole ylimääräistä rautaa, vain muutamia metallisia ammuslaatikoita on jäljellä. Niillä on suojattava komentokorsun edessä oleva ruohonkorsi. Sen sisällä asuu onnellinen perhe.

— Jumalauta Käyrä, ammuslaatikot pitää kuljettaa kootusti takavasemmalle. Niistä tehdään patruunatehtaalla uusia paukkuja. Ei kai Käyrä luule, että meidän ammusvarastomme ovat ehtymättömät? Eihän tässä puutu kuin väkinäinen aselepo kaatamaan juuri pystyyn saatu sota.

— Nyt on aselepo meneillään, herra eversti.

— Käyrä haluaa todellakin olla alla. Palataan siihen asentoon myöhemmin. Nyt tapaamaan sotilaita.

— Sotilaat ovat muutaman mutkan takana. Tämä osuus on miinoitettu. Taitaa olla vihollisen miinoittama. Tiedustelija on lähdössä takaisin vihollisen pariin selvittämään heidän etulinjassaan sijaitsevien ruohonkorsien kasvuedellytyksiä. Korpraali Kywsky saa selvittää heiltä myös miinoitustilanteen. Herra eversti, seuratkaa minua, tai voin minä kävellä takanakin. Antakaa se biljardikeppi minulle, niin mäiskin sillä pitkin selkäänne. Kaikki on otettu huomioon, herra eversti.

— Mainiota, Käyrä. Osoitat harvinaista monipuolisuutta sotilasarvoosi nähden. Esileikkien soveltaminen esimieheen taistelutilanteessa. Siitä tulee uusi oppiaine upseerikoulutukseen. Tuossa on keppi. Otan ensin ryypyn, sen jälkeen voit alkaa mätkimään, ja pakaroihin voit jysäytellä sitten oikein kunnolla.

— Selvä on, herra eversti.

Käyrä suuntasi ensimmäistä iskuaan Pinssin selkään kuin pesäpalloilija pomppulyöntiään, kun eversti yllättäen kääntyi:

— Missä luutnantti Johnfather on?

Käyrän keppi peruutti takaisin selän taakse: — Johnfather on tatuoimassa luutnantti Movikovin selkään penistä. Movikov kuolee seuraavassa hyökkäyksessä.

Pinssi kääntyi ympäri, ohjasi Käyrän biljardikepin pakaroidensa korkeudelle ja käänsi selkänsä: — Loistavaa ennakointia, ei saa jäädä seisovan veden vangiksi. Erinomaista johtamista, kapteeni Käyrä. Jos Movikov jää vahingossa henkiin ja vangiksi, silloin peniksen täytyy olla veltto ja paksu. Selkään tatuoituna se antaa meistä helposti lähestyttävän ja sympaattisen kuvan. Ja everstinä minun täytyy ottaa vieläkin isompi kuva huomioon. Movikovin vatsapuolelle on tatuoitava kurttuinen mutta samalla myös vankka pillu. Tasa-arvon ja Movikovin mahdollisen selälleen kaatumisen johdosta. Se on käsky.

— Herra eversti. Soitan välittömästi luutnantti Johnfatherille vatsapuolen tatuoinnista.

Pinssi kytki ryömintävaihteen ryyppyjen välistä pois ja yritti imeä peltisen taskumattinsa lommolle.

— Luutnantti Johnfather ilmoitti tatuoineensa Movikovin vatsaan vihollisen suihkuhävittäjän.

— Jumalauta, kapteeni! Missä ilmatuki viipyy? Onko lennonjohtoon oltu yhteydessä?

— Vihollisen siviilikoneita menee tästä yhtenään yli. Odotamme vihollisen ilmatorjuntapatterin saapumista. Uskomme sen ehtivän paikalle ennen kuin omat koneemme alkavat pommittaa meitä.

— Entä Movikovin selkä, onnistuiko sen tatuoiminen?

— Kyllä onnistui. Siellä on mojovan kokoinen mulkku lepotilassa. Johnfather kehui sitä parhaaksi työkseen, ja hän on sentään tehnyt tuhansia tatuointeja.

— Mutta kuinka monta mulkkua, Käyrä?

Eversti Pinssin päässä ei ollut lyijyluotia. Kenraali alkoholi oli vastannut everstin pään sulattamisesta upseerikoulun valmistujaisjuhlasta alkaen. Reippaat humalatilat ja niiden välejä tukevat tissuttelut olivat jalostaneet everstin viinanhimon kiihkeäksi vimmaksi. Sen takia Pinssiä arvostettiin työyhteisössään visionäärinä, joka kykeni kehittämään hävityn taistelun elementeistä sodan kokonaiskuvaa eheyttävän tilannekatsauksen tiedotusvälineille. Pinssin aviopuolisokin oli aikoinaan niin voimaantunut miehensä rinnalla, että eversti hävisi samassa painoluokassa kilpailleelle puolisolleen Valtion Sotatoimilaitoksen henkilökunnan maastavedon mestaruuskisoissa. Noiden vuosien muistoina Pinssin palkintokaapissa lojuu iso kasa hopeisia mitaleita. Everstin kalu jäi sentään karvan verran pidemmäksi kuin hänen vaimonsa klitoris.

Käyrä oli tehnyt valintansa. Kapteeni löi everstiä biljardikepillä selkään ja sen jälkeen pakaroille. Sitten seuraava kierros samaa reittiä takaisin, samalla kun Pinssi yritti väistellä juoksuhaudan pohjalla makaavia verisiä ja äänettömiä sotilaita. Pinssi pysähtyi taputtamaan rohkaisevasti selkään niitä harvoja, jotka olivat pystyssä. Käyrä ei ehtinyt mainita muovisotilaista, kun eversti aloitti monet rintamat kiertäneen kannustuspuheensa: — Sitoudumme tähän taisteluun sukuun, rotuun ja yhteiskuntaluokkaan katsomatta. Täällä olemme veljiä ja siskoja, kaikki samaa lihaa ja verta. Yhteisellä ponnistelullamme vapautamme vihollisen kansan sulautumaan omaamme. Voiton jälkeen marssimme takaisin lihottamaan nationalismia, kaiken kestävää syrjintää ja selkeitä luokkajakoja. Sotilaat! Kotirintamalla etuoikeutetut jakavat parhaillaan tulevan voiton suomaa mammonaa ja keski-luokkakin on alkanut taas uskoa keskinkertaisuuteensa.

— Hetkinen, herra eversti, nämä sotilaat ovat kaikki muovia, Käyrä huomautti.

— Muovia? Jotain robottejako?

— Entisiä mallinukkeja. Kokoonpanoyksikkö teki niille puukiväärit ja puki univormuihin. Porasin kaikkiin reilusti luodinreikiä, ja käytin paljon punaista maalia. Otin vastuun näiden sijoittelusta juoksuhautaan. Minun mielestäni sommittelu huokuu aitoutta, ja uskon viholli-sen tiedustelunkin arvostavan sitä.

— Tuolla yhdellä kaatuneella ei ole asepukua.

— Se oli menossa saunaan mutta sai kuulan rintaansa. Kokoonpanosta loppuivat kamppeet, osalle on haalittu kirpputoreilta erilaisia asepukuja.

— Jumalauta, vielä kun teet tuolle alastomalle vastan kouraan, ihan saunan tuoksu tunkee nokkaan.

— Tuulee ei kenenkään elävän maalta päin, siellä mä-tänee oikeita kuolleita.

— Hyvä Käyrä, sotilaamme näyttävät olevan vankkaa tekoa. Tämä sekoittaa täysin vihollisen suunnitelmat, koska jo ennen ensimmäisen hyökkäyksemme alkamista meiltä on kaatunut muutama ryhmällinen sotilaita.

Selvityksellään eversti Pinssi toi julki ylemmän upsee-rin potentiaalin tietää häntä alemman upseerin suunnitel-mat. Käyrä laittoi kätensä everstin olkapäälle: — Emme nouse ei kenenkään elävän maalle. Vihollisella on jouk-koja tuolla kukkulalla. Ammuin yhden tähystäjän äsken. Oli naamioitunut taitavasti, mutta harjaantuneella sil-mällä poimin sen ruohikosta, ja laukaus oli helppo.

— Jumalauta, kapteeni Käyrä. Ylennän teidät ensi vuonna majuriksi.

Eversti katsoi ylpeänä juoksuhautaan kuolleiksi naamioituja muovisotilaita. Yhden pystyyn asetellun kuolleen kiväärin piippu osoitti ei kenenkään elävän maalle. Pinssi tiesi omasta kokemuksestaan, kuinka tärkeää oli ehtiä ennen sodan alkamista sonnustautua vihollisen asepukuun ja rynnätä tekemään valehyökkäys omaan maahansa. Sillä sai kansainvälisen hyväksynnän ja sodasta hyötyvien valtioiden tuen. Sen jälkeen tuli sonnustautua takaisin omaan asepukuunsa ja hyökätä puolustamaan omaa maataan vihollisen maaperälle. Operaatioissa täytyi saada asepuvut, hyökkäykset ja valheet sujuvasti limittäin, muuten ne sotkeutuivat toisiinsa.

Eversti jumittui muistelemaan erästä suunnittelemaansa operaatiota ja oli valmis vannomaan käsi kirjalla kaiken olevan totta, jos totuuden voisi vaihtaa täyteen taskumattiin: — Hyökkäsimme vihollisen asepuvut päällämme omaan maahamme, ja tiedonkulkukatkoksen takia omat rajavartijamme vangitsivat koko ryhmän. Operaatio täytyi pitää salaisena, ja niinpä ryhmä kärsi rangaistuksensa meidän vankileirillämme. Vuoden kuluttua kaikki vapautettiin ja luovutettiin viholliselle. Sotilaat vietiin suoraan vankileirille, ja siellä...

— Herra eversti, en ymmärrä, mitä tarkoitatte. Varmaan ensi vuonna ymmärrän, kun olen majuri.

Käyrän keskeytys esti Pinssin operaation etenemisen täydelliseen katastrofiin.

— Sapeli esiin, Käyrä. Jos porstuassa ei ole ketään vastassa, pääsee kuolema helposti tupaan. Jatkakaa samaan malliin.

116

Kapteeni Käyrä jysäytti biljardikepillä kunnon tällin suoraan everstin pakaroille.

Paluumatkalla biljardivaunulle Pinssi tiedusteli Käyrältä joukkueenjohtajien valmiuksia tehtäviinsä. Käyrä kehui voittaneensa Movikovin painiottelussa, ja Zhaun viimeiseksi kontaktiksi oli jäänyt komentoteltan palaveri. Käyrä aikoi laittaa viihdytysjoukkueen kaivamaan tunnelin kukkula 106:n ali, mutta Pinssi kielsi Käyrää kajoamasta viihdytysjoukkueeseen. Sen laittaminen sotimaan saattaisi romahduttaa koko komppanian taistelumoraalin.

— Jatkakaa taistelua antamieni ohjeiden mukaisesti, eversti Pinssi sanoi Käyrälle, pysähtyi vaununsa alle ja jatkoi: — Tehkää tähän liukuportaat, jos tulee jokin nopea tilanne.

— Taistelussa ei tule nopeita tilanteita. Olemme varmistaneet sen kaivamalla juoksuhaudat ja valmistautumalla asemasotaan.

— Tarkoitin biljardipeliä, Pinssi sanoi ja hävisi tikkailta vaunuunsa.

Kapteeni Käyrä käänsi selkänsä mustalle pakokaasupilvelle.

Kolakoukkuun jäänyt konekivääriampuja oli tyhjentänyt päivän hyökkäyksen torjuntaharjoitukseen varatut purkit ja röyhtäili biljardipöytään nojaten.

— Aloitetaan, Pinssi sanoi.

— Me ollaan etulinjassa. Siirrytään sinne entiseen paikkaan pelaamaan, siellä on turvallisempaa, ampuja sanoi.

— Jumalauta pojat, nyt luodaan taistelutahtoa omiin joukkoihin. Juoksuhaudat ovat täynnä urhoollisesti kaatuneita sotilaita. Me olemme heille yhden näytöspelin velkaa. Lupaan tämän kerran hävitä. Vaununjohtaja, nosta pöytä ylös.

Biljardipöytä nousi hydraulisella hissillä vaunun katolle. Auringonpaisteella, riittävän kaukana etulinjasta, rintamakarkurit ja toiseen suuntaan menossa olevat täydennysjoukot saattoivat nähdä miehistönkuljetusvaunun katolla kolme sotilasta. Yksi heistä seisoi kauempana pöydästä ja kannatteli tarjotinta. Baarikaapin liittäminen nousevan pöydän mekanismeihin oli everstin kehityslistalla toisena, heti seuraavan drinkin rakentamisen jälkeen.

Pinssi asetteli palloja biljardipöydälle: — Täältähän näkee hyvin ei kenenkään elävän maalle. Ja kukkula satakuusi, sekin näkyy hyvin. Jumalauta, mikä haju. Nyt ollaan pojat etulinjan aitiossa eikä missään esikunnan kartanossa suunnistamassa tupakansavun läpi seuraavaan ruokailuun, jonka alkukeittona on jonkun nuoren upseerin omakehuista kielen kalinaa.

— Mistä kukkula on saanut nimensä?

— Se on satakuusi metriä korkea. Saattaa olla myös vihollisen hämäystä.

— Kumpi, korkeus vai kukkula?

— Molemmat. Jumalauta, nyt lopetetaan sotatoimien suunnittelu. Meidän tehtävänämme on rohkaista taistelijoita. Kumman vuoro aloittaa?

Kersantti Bonaboury makasi kukkulan laella ja kiikaroi juoksuhautaa. Komentokorsun vieressä vilahti jotakin. Bonaboury uskoi nähneensä kapteeni Käyrän nostamassa ammuslaatikkoa juoksuhaudan reunalle. Vaunun katolla pelattiin biljardia, ja tarjoilija otti ryyppyjä molemmista tarjottimella olevista pulloista. Leiristä pois johtavalla tiellä Bonaboury huomasi korpraali Kywskyn vilkuttavan kukkulan suuntaan. Bonaboury heilautti kättään Kywskylle. Sunplatan keskellä seisoi nuori poika moponsa vieressä ja piti puhetta auringonpalvojille (poika kertoi kotirintaman hallitsevan tiedotuskanavan uusimman tiedotuksen koskevan kaupunkiin saapunutta sirkusta).

Kaurapellon keskellä Rainfors kiipesi hylätyn puimurin istuimelle ja käänsi käynnistysvipua. Räjähdys aiheutti puimurin ja Rainforsin leviämisen viljasilpun saattelemina pitkin peltoa. Sunplatan sotilaat reagoivat räjähdykseen nousemalla istumaan. Juoksuhaudassa Käyrä veti patruunan kiväärinsä piippuun ja varmisti nopealla vilkaisulla ammuslaatikoilla suojatun ruohonkorren olevan pystyssä. Sadepisarat alkoivat napsahdella harvakseltaan ammuslaatikoihin. Käyrä loi rohkaisevan katseen vieressään istuvaan muovisotilaaseen: — Kohta se alkaa.

Muovisotilaan kasvoilta valui punaisen sekaisia pisaroita leuankärkeen. Käyrä näki jokaisen kasvoilla valuvan pisaran sisällä uuden television ja laittoi kämmenensä muovileuan alle odottamaan.

Kapteeni nousi juoksuhaudasta ei kenenkään elävän maalle, suojasi punaisia pisaroita molemmilla kämmenillään ja laskeutui polvilleen ammuslaatikoiden ylle: — Minulla on teille uusia televisioita, myös keittiöön ja makuuhuoneeseen!

Kersantti Bonaboury poisti hylsyn Kywskyn isokaliiperisen tarkkuuskiväärin patruunapesästä, otti Rainforsin kiikarit vierellään olevan säkin päältä ja tarkasteli ammuslaatikoiden päällä retkottavaa kapteenia.

Sunplatalla ryhmityttiin marssimuodostelmaan. Marssimaan valmistautuvan komppanian kärjessä nuori poika polki mopoaan käyntiin. Luutnantti Movikov hyräili hyväntuulisena oman joukkueensa edessä. Kotirintamalle johtavalla tiellä biljardivaunu poimi Kywskyn kyytiinsä. Kaurapellolla Bonaboury heitti Kywskyn kiväärin räjähdyksen aiheuttamaan monttuun, poimi Rainforsin tummuneen hellekypärän päähänsä ja otti suunnan pystyyn kuolevaan metsään. Sadekausi oli alkanut.

VALINTATILAISUUS

Valtion Sotatoimilaitoksen Viihdeyksikön toimisto sijaitsi sotilassairaalan kuudennen kerroksen kahviossa, jossa armeijan tekoälyn johtava kehittäjä, alipainoinen ylilääkäri Vincent Kosteikko lopetti kapteeni Käyrän papereiden lukemisen ja pukkasi viereisellä penkillä istuvaa Käyrää kylkeen: — Voit ottaa novellilasit päästäsi. Rannekkeen saat pitää. Jos sinut valitaan viihdytysjoukkueeseen, ranneke aktivoidaan ja saat siihen viihdytysjoukkuetta koskevaa tietoa. Muussa tapauksessa se toimii paikannuslaitteenasi.

Kosteikko sujautti tummat lasit mustan lääkärintakkinsa sivutaskuun:

— Lasit on saatu ulkoisesti kevyiksi ja varustettu hyvillä säädöillä. Aiemmin tuli valituksia niiden painosta ja muodosta. Mitkä ovat ensimmäiset tuntemuksesi tekoälyn muokkaamasta novellista? Minulla on vieläkin hyvänlaatuinen erektio.

Kapteeni Käyrä seurasi tiedustelu-upseerin uteliaisuudella, kun Kosteikko tunnusteli maastohousujensa läpi jalkoväliään ja taittoi peniksensä vasempaan lahkeeseen. Käyrä nousi tuoliltaan eriväristen johtojen ja tietokonenäyttöjen viidakkoon: — En ota kantaa sen toimivuuteen.

— Kaikki viihdytysjoukkoihin pyrkivät käyvät tämän läpi, ja nyt en tarkoita erektiotani vaan hakuprosessia, jossa tekoäly profiloi sinut nopeasti ja pienillä kustannuksilla. Ohjelma sekoittaa sinulle matkan ja lisää sotatoimilaitoksen mausteita sekaan. Sinulle tarjotaan mieltä ja kehoa rentouttava tarina, joka kaiken hyvän lisäksi sitouttaa sinua pysymään sotilasuralla.

— Kaikkein arveluttavinta oli, että taisin itse ampua koko aikana vain yhden laukauksen. Sekin osui oman puolen sotilaan kypärään. Ja mikä se yksi kaveri oli siellä Janoinen Pakka -baarissa? Jostain novellista ilmestynyt miekkonen?

— Reijo Tinars on sitkeä virus, jota ei ole saatu tuhottua. Jossakin vaiheessa lasit tullaan viemään koko henkilökunnan käyttöön. Viihdyitkö omassa novellissasi?

— En oikeastaan.

— Entä miten selität erektioni?

— Pitääkö minun osata selittää sinun erektiosi?

— Sinulla ei ole lyijyluotia päässäsi. Olet tasapainoinen ja luotettava sotilas. Kestävä erektioni puoltaa siirtoasi viihdytysjoukkoihin. Olethan tietoinen, että viihdytysjoukkojen näytöksissä ei enää suoriteta fyysisiä akteja. Nykyään ohjelmanumeroissa näytellään erilaisia sormimerkkejä, kielimerkkejä, lantionliikkeitä ja kaikenlaista kehon kiemurtelua. Kaikista liikkeistä on saatu Valtion Ylimmän Seurantaviraston hyväksyntä. Vanha ohjelma oli viraston mielestä liian kallellaan vihamielisen naapurivaltion poliittisen aatteen suuntaan.

Kapteeni Käyrä laskeutui hissillä sotilassairaalan ensimmäiseen kerrokseen. Siellä sijaitsevasta kioskista kapteeni osti kolme korttipakkaa. Käyrän puhelimen hakukone ei kuitenkaan löytänyt Janoinen Pakka -baarin yhteystietoja.